众声喧哗

王安忆 — 著

人民文学出版社

图书在版编目(CIP)数据

众声喧哗/王安忆著. —北京：人民文学出版社，2017
ISBN 978-7-02-013111-2

Ⅰ.①众… Ⅱ.①王… Ⅲ.①中篇小说-中国-当代②短篇小说-小说集-中国-当代 Ⅳ.①I247.7

中国版本图书馆 CIP 数据核字(2017)第 170516 号

出 品 人　黄育海
责任编辑　朱卫净　杜　晗
装帧设计　汪佳诗

出版发行　人民文学出版社
社　　址　北京市朝内大街 166 号
邮政编码　100705
网　　址　http://www.RW-cn.com

印　　制　上海利丰雅高印刷有限公司
经　　销　全国新华书店等

字　　数　100 千字
开　　本　889 毫米×1194 毫米　1/32
印　　张　6.25
版　　次　2017 年 10 月北京第 1 版
印　　次　2017 年 10 月第 1 次印刷
书　　号　978-7-02-013111-2
定　　价　35.00 元

如有印装质量问题，请与本社图书销售中心调换。电话：010 - 65233595

目录

001
众声喧哗

111
爱套娃一样爱你

125
释梦

139
林窟

153
恋人絮语

167
闪灵

181
游戏棒

众声喧哗

一

　　午后二三点时分的光线，令人想起过去的日子。太阳经过路南老公寓的山墙折射，收集了一些颗粒状的影，那是外层涂壁上的拉毛所形成的。过去的日光都是这样，毛茸茸的，有一种弹性。那时候，对面没有层峦叠嶂的高楼，天际线低矮而且平缓，路却是狭窄的，不像现在开拓得宽和直，所以就也会有开阔的错觉。汽车从街心开过去，轮胎和路面的摩擦声听起来很远，比无声反显得静谧，这静谧也是过去的。静谧中的闲散与慵懒，又有些气闷，让人恍然，就不仅是过去的，似乎还是将来未来的，无论世道如何千变万化，都是沉底，要说这城市有丝毫的悠古心，就是它了。

这时分有一种魅惑，它让人觉着漫长，简直不知道怎么才能挨过去，每当来临之前，甚至打怵。可是，等到日头在马路的西边下去，街面上的光里颗粒状的影调流走了，变得平坦淡薄，却似乎更亮了，此时此刻又觉着，时间简直转瞬即逝，一个世代都过去了。这世界上有什么是过不去的啊！可不是吗？眼前的景物早已经旧换新，新的再换更新，旧的更旧。路南的拉毛外墙的老公寓，变得十分矮小灰暗，更加衬托出新建筑的光鲜，光鲜里其实是瘠薄，来不及养育出植被。老公寓的砖缝里都嵌满了垢，这垢就是膏腴，所以就丰饶啊，生长得出庄稼来。再是丰饶，仅有这么一点点，哪里抵得住排山倒海的新气象！在午后一两个钟点里，永恒与短暂，不变和变化就这么交替更迭，将时间的概念从一个极端推向另一个极端。说起来，还是光线作祟，它干扰着视觉的同时也影响着认知。

身处这一个时间的局部里，确实有空旷无际的感觉。欧伯伯靠在尼龙躺椅上，看着门前的马路，心里积郁着一些愁和烦，这真是比一生一世还要长，一生一世都要过去了，这一时却挨不过去！欧伯伯所在的地方是他的小店，店面浅得很，只是一条边，门打开，放一张折叠躺椅，就不能动了。门的右侧是柜台，一步宽，柜台后面，依墙打了几层木架子放东西，中间可供一个人走动。门背后，也就是左侧，只有半步地方，就放了饮水器、旧报纸，挂衣服的立架，扫帚拖把铅桶一些杂物。铺面是从原先的汽车间隔出来的，沿街这一排的底层都是汽车间，所以，门里的地坪是要低下去两级台阶，窗户是气窗，离地面很近，装着铁栅栏或者铁纱窗。现在，因为是临街，就都破墙开店。有的是户主自己做，有的是出租给外人。店是开着了，但生意一直很平淡，因为是在商业街的末梢，购买的热潮到这里就已经平息，人行道上又设了一条防护栏，妨碍对马路的人直接走上街沿，削减了人流。所以，这些店时开时关，不停地更换业主和经营，一会儿拖鞋店，一会儿毛巾店，一会儿又是旅游装备，一会儿再是镜框店，无法造就稳定的客群，只能做些零打碎敲的买卖。唯有欧伯伯的店，至少在二三年里，保持着专项业务，就是纽扣。

　　欧伯伯的纽扣店是自己家的房子。除去汽车间，本来还有二楼的朝南带阳台的大间以及二三楼之间的朝北亭子间。这样分散的居住状况不知来自何种渊源，反正，邻人们也多是东一间，西一间，上一间，下一间，极少有保持原先建筑设计中的完整单元。如此一来，厨房与厕所也就都是共享，一幢洋房被分割得七零八落。但从另一方面看呢，也形成大家庭，或者说公社式的温暖互助的生活方式。欧伯伯从结婚时就住进这里，称得上老房客。那是内战最激烈的时候，欧伯伯在印刷厂排字间学徒出师，家乡宁波的娃娃亲，由亲家母带着来到上海，让他迎娶。亲家母从裤腰带里摸出两条小黄鱼，算作嫁妆。拿着小黄鱼去顶房子，就顶下这么十三不靠的几间。也是沾了战乱的便宜，钞票不值钱，黄金为大。再有了，人们都在往外面跑，去台湾，去香港，去乡下。那时节，这里是偏僻地带，想不到后来成了高尚区。

家中有大人，新人房间自然是做在亭子间；二楼大间理应为岳母的居室，也作客堂和饭间用，小孩子生下来呢，一律跟阿娘睡；汽车间一半放杂物，一半支一架大床，给宁波来的亲戚住。最先住的是小舅子，读完书分在杨树浦厂里做技工，搬出去了。这就来了一对姐妹，年纪和小夫妻差不多，却要长一个辈分，就称她们二娘娘和三娘娘。等到小孩子也都跟着称"娘娘"的时候，辈分就又不计了。三娘娘很快嫁人了，对方也是同乡人，在布店做职员。所以更可能是早就定的亲，此时上来成婚，二娘娘则是娘家送亲的。这一送就没再回去，也没结婚，一径住了下去。

其时,岳母年纪大了,小孩子也增添到四个,除了最小的,三个一并移至汽车间里,跟二娘娘睡。

到"文化大革命"当中,岳母去世,欧家夫妇升级到大房间;亭子间给二娘娘带老三睡,老三是女儿,十三四岁的年龄,与兄弟混杂已经不方便;三个男孩就住汽车间。不久,高中毕业的老大分到船厂,住大宿舍,周三厂休才回来睡一晚,有时,一晚也不睡,当日返回厂区所在的复兴岛去了。隔年老二初中毕业,下乡插队落户。这是家中人口最清简的几年,汽车间里实际只住阿四头一个人,其余地方就摆了吃饭桌,省得厨房和二楼之间,锅碗瓢盆端上端下,因为厨房是在底下公用面积里。汽车间的杂物大半清理归置,成了一个颇为正式的房间。这样的布局大约维持了四五年,之后又逐渐走入熙攘的日子。

先是老大结婚,很自然的,结在亭子间里。老邻居都说,这个亭子间有喜气,作过多少回新人的房间。这样,二娘娘重新移下去,和阿四头一同住汽车间,她已经是当年老太太的年纪了。老三移上去,与父母同住。下一年,孙子出生了,由二娘娘带了在汽车间睡。再过一年,老二顶替父亲返沪,汽车间里又多一张床铺。这就有些挤了,但格局还基本保持原状,真正的大变动是下一年老二结婚。老二的意思是,老大儿子已经生好了，应该轮到他了，所以能否让出亭子间，搬到汽车间。至于汽车间如何安置人口，则是下一步的问题。兄弟间、婆媳间的龃龉是免不了的，新账老账也要翻一翻，总算欧伯伯家中尚有余地，仔细衡量还可周转。最后的方案是，朝南大间一劈为二，老大老二各守一疆，阳台归一方，箱子间归另一方，没有偏倚，各得其所。老夫妻又一回住到亭子间，阿三下放到汽车间，与阿四头的床之间，拉一幅布帘。这样下棋般下了一盘，就又有三五年的安定。等阿四头到了结婚的年龄，阿三已经出阁，二娘娘老死，汽车间自然就归阿四头。

日子兴兴隆隆地往前过着，这一段的安逸，以及物质的丰厚，自然谈不上大富大贵，但其饱足，是欧伯伯生平中从未有过的，他不是一向拮据的吗？一向都需精打细算，用蝇头小楷记着家用豆腐账，每一分钱都有出处和去处。月底轧账，连小孩子扑满里的分币都要轧进去的。不知从什么时候起头，进出项变大了，账还是要轧平，轧出来的数字有时让欧伯伯惊一跳，多么阔绰啊！会不会造孽了：冰箱，电视机，洗衣机，微波炉，鸭绒被；甚至，他们添了黄货：一对金戒指，老太婆的金项链和金手镯，每个媳妇新进门都有这么一套，小孩子出生则是一对金锁——孩子们一结婚便独立门户。以欧伯伯的洞察世事，懂得防患于未然，以疏治亲。平时各自过各自的，逢到年节，或者有大事情，聚起来，吃饭和商量，事毕后，再散了，各自过各自的。实际是联邦制，欧伯伯依然为一家之主，却免去日常琐细的各类麻烦。这样的日子啊，想起来都要鼻酸，千秋万代一直过下去有多好！可是，天下万物都有兴衰盈亏，就是不知道缺口在哪一轮上。

国庆节，照惯例是要聚的，这一年，女儿一家在日本回不来，其余三家都到齐了。三个媳妇一并动手，在各自的灶头上烹煎炖煮，然后汇总到老夫妻的亭子间里。虽然汽车间的地盘要宽敞些，但不符规矩。亭子间再小，也是大人府上，按宁波人的旧法，每天早晚，小辈都要去请安的。如今新社会，上海又是新风气，平日就免了，但少数几个年节，礼数就不能坏了。所以，这一天，几个儿子要将棕绷翻起来，床底下的圆桌面拖出来，摆开，团团挤坐一圈。这才叫天伦之乐！冷盆热炒铺到桌沿，最终个个底朝天，也是令欧伯伯满意的，这才是吃饭！晚饭结束，人散去，棕绷放下，被褥铺齐，老太婆悄声告诉欧伯伯，今天那一道蟹糊大约混进了一只死蟹，所以极腥气，至今还堵在胃里，不时作呕。欧伯伯嘱咐老太婆不要再多嘴，蟹糊是二媳妇做的，二媳妇是老二从江西带回来的，与他们家本就不大投契，对她就需格外谨慎。这也是欧家老夫妇治家的原则，亲严疏宽。老太婆当然按下不提，但事情并没有因此而化解。就从这天起，老太婆的胃口直落下去，什么都不想吃。有一夜，忽然急腹痛，送到医院，开始以为胆囊炎，再查下去，却不是，而是胰腺癌，并且到了中晚期。所以，事情的因头早已经有了，如此一来，回想那一段日子，安乐中就埋着隐患，变得危险了。

从住进院到最后闭眼睛，不多不少一个月。走的人没遭太大的罪，却将折磨留给了活着的人。借着一种应急反应的本能，欧伯伯挺过了最初的日子。他的脑子很清楚，情绪也是稳定的，亲自安排大小事务，分配给儿女们去落实。大殓过后，吃完豆腐饭，送走亲戚，全家人坐下来，商量欧伯伯怎么生活。四个儿女都说父亲跟自己过，欧伯伯知道，儿子多少是虚邀，不是说不诚心，而是碍了媳妇，就不大能有主见。女儿却是靠实的，已经拿好了户口簿，要去办护照签证。可是在欧伯伯的观念里，到女儿家里生活，不只自己没面子，也是不给儿子们留面子。再说日本那种地方，他可是在外白渡桥上吃过日本兵耳光的。欧伯伯要回了户口簿，随手翻了翻，看见老太婆的一档里写了"已逝"两个字，忽觉心上刺痛一下，几乎挡不住。刺痛过去，欧伯伯复又坚强起来。他说，一切照老样子，各人过各人的。一来他还没老到不能自理；二来楼上楼下照应起来也是极方便的。宣布决定，且态度十分坚定，欧伯伯看出小辈们，包括女儿，都松了一口气。他不觉失望，倒有些想笑出来，心中暗暗骂一声：小赤佬，没良心！

就这样，欧伯伯让儿女们放心了。邻人或者亲友问起来，他们欣慰地回答：老头子还可以，还可以！连欧伯伯都以为自己"还可以"。丧事的热闹平息下来，日子又一天一天往下过着。欧伯伯一个人吃一个人睡，儿子媳妇时常过来问问，捡些衣服去洗，送一碗新做的吃食，所以也并不寂寥。到了晚上，电视机开着，两个人不觉着，一个人的时候反显得格外喧哗。喧哗中，欧伯伯会想，过去没电视机的夜晚是如何度过的？那时候，谁家有一架收音机就很得意了。静夜中，有声音在天空下穿行，嗡嗡的，不怎么真切。倘若从外边走过，恰巧收音机又放在窗下，就可见窗帘布后面晶体管一闪一闪。那时候呀——欧伯伯忽又感到刺痛袭来，他其实一直小心地躲着，可还是迎头撞上了——那时候有老太婆啊！欧伯伯似乎方才意识到老太婆不在了。老太婆不在了的事实，是渐渐浮出水面的。刺痛的感觉不那么容易驱走了，而是滞留下来，并且一回比一回留得久。欧伯伯伤心地想，一个活生生的人，怎么说没有就没有了？有了再没有，还不如一起初就没有呢！可是，有没有又不是由自己做主的。这些疑问实际已经是哲学的命题了，可是在这里，却是每一个日夜的现实。

欧伯伯忧郁下来，他的眼睛时常含着泪水。要是能够放声大哭一场，也许就会轻松了，可又哭不出来。好像那一份伤心非要在身体内折磨他，不肯被释放出来。有几次，欧伯伯做了哭泣的梦，真是伤心啊，却又有一股子暖和，他纵情地哭着，哭到醒来，发现连一滴眼泪都没有流出，无比压抑。反过来，有时候他在笑着，多半是电视里的滑稽节目，用宁波方言说着趣话，说着说着就下道了。止不住就要笑，奇怪的是，眼泪却流了出来。欧伯伯擦把眼泪想，他真是做不成人了，哭，哭不好，笑，笑不好，大约死到临头，要跟老太婆去了。

这一日，欧伯伯很郑重地把三个儿子叫到跟前。桌子上摆了一扎钞票，让儿子们去做墓，做一个双穴的，说，老太婆先不要移动，还是在骨灰堂原处，等他走了以后，一并迁过去。再又进一步交代，在他闭眼睛的七七四十九日内办事，趁了丧假，一鼓作气结束掉；否则，就必要挨到冬至不可；冬至那一天，要是逢双休还好，可谁又说得准呢？平常日子上班的上班，上学的上学，大人要请事假扣工资，小孩子也要请假，功课拉下了，心也要野的。欧伯伯说一句，儿子们应一句，在外人听起来是要觉着滑稽，但这一家小辈受管教惯了，十分驯服，所以并不以为荒唐。听到后来，还都伤感起来，以为老头子马上就要走了，几乎垂泪。欧伯伯却十分镇静，甚至胸襟开阔起来，多日来的郁结散开了。

　　按着父亲的布置，儿子们分头动起来。女儿在日本出不上力，就出钱，将短缺处统统补足还有余。每一笔支出，大至墓地，小至跑腿时喝去的茶水，全到欧伯伯这里来登账。欧伯伯的豆腐账本又打开了，距离中断的日子，已有一年整。看着账本上的日期，欧伯伯哀戚地想，叫是叫老太婆，其实老太婆终年才六十六，自己虚长一岁，六十七，应该还有得活了，无奈天不享年，心中十分地不甘。在这时而振作、时而消沉的心情中，墓做好了，日子又过去半年。是期然，是不期然，欧伯伯生病了。全家都吓一大跳，想老头子简直成了神仙，揣得出天机，将事情做在了前头。一边忙着服侍病人，一边暗中准备后事，女儿一家人都乘飞机赶回，和一年半前为母亲送终时同样，全到齐了，围拢在父亲床前。欧伯伯睁眼看一圈，又闭上,眼泪流下来,心里热烘烘的,就像梦里的情景。

欧伯伯得的是脑梗,发病时很吓人,突然神志不清,睡倒在那里,叫也叫不应。二十四小时以后知觉就恢复了,医生说生命危险谈不上,但后遗症是免不了的,而针对后遗症并没有特效药,主要靠康复训练。于是,吊了半个月一个疗程的丹参,欧伯伯就出院了。女儿将女婿孩子打发回日本,自己留下来再住一段。兄妹四人须臾不敢松懈,因为不知道应该相信医生,还是相信老头子,相信科学还是相信天命。欧伯伯是什么人,会看不出儿女的心思?看见他们紧张兮兮的样子,有些好笑,有些鼻酸,他想宣布没事了,各做各的去吧!女儿也该回日本去了,年轻夫妻分开总是叫人不放心的。但欧伯伯的后遗症是左半边手脚不得力,舌头也不得力,说话就很费神,多少呢,也是存心和故意,过一日是一日,这气氛让人很受用呢!欧伯伯终究是明理的人,知道凡事都有限度,不可过头,物极必反,让小辈们生厌心,老的就没趣了。一日夜里,已经睡过一觉,却从床上坐起,睡沙发的女儿跟着要起来,他伸手止住,父女俩各自坐起半身,靠了枕头说起话来。

这一场谈话进行得颇为吃力,延续很长时间。夜深人静,后弄堂的一盏灯映在窗帘上,将光投进房间,家什与地板上蒙一层薄亮,两人的脸上也蒙一层薄亮。老头子看起来肤色温润,就像没生过病似的。在这样的静夜里,人的交流似乎变得轻松和容易,甚至不怎么依赖语言,谁和谁啊,女儿!欧伯伯这个老派人,也不得不承认女儿的好,不是说儿子不好,但总是隔着心,而女儿心连心。当然,有心还要有力,自己这一个恰巧两样都有,赚得动,又摆得平女婿。三个儿子无论哪一头有亏欠,都是靠女儿来填平。欧伯伯的意思主要有两点,一是他先前说的不吉之言,已经在这场病上应掉了,所以短期内不会有不测风云,他还将再活一段,于是乎就有了二,那就是如何安老。办法也想好了,在汽车间开一个小店,不为营利,只为解闷。欧伯伯的话是断断续续,辞不达意,但女儿还是将这些零碎的孤立的字和词组织起来。同时她还归纳出父亲开始运用一种新的句式,倒有些近似日语的结构,就是前边说一大篇,终于到结论的尾部,却是个否定。欧伯伯最后的否定语是"不可能的呀!"经过之前含糊犹疑的段落,这一句"不可能的呀"显得清晰肯定,而且富有表情。比如,"闲话讲讲,白饭吃吃",接着是一串意义不明的语音,然后又是"闲话讲讲,白饭吃吃",如此反复,最后——不可能的呀!阿三头猜出来,意思是说归说,不能当真。再具体些,他曾经说将要找老太婆去的预言不会兑现了。怕女儿不相信，欧伯伯要作进一步的证明，并且是两方面。一方面是科学："药吃吃，针吊吊"，这也是一种新句式，动宾倒置，"药吃吃，针吊吊"意即打针吃药，得到了治疗；另一方面是天命，两个字："已经"！欧伯伯连连地说"已经"，然后——"不可能的呀！"女儿知道是已经生过病，说出口的话也就兑现掉，不会再发生了。虽然说话不方便，但欧伯伯的脑子一点不糊涂，脾气也还是过去一贯的，毫不马虎，道理一定要讲明白，推论的过程必不能省略。儿女们从小听欧伯伯的教训长大，无论内容还是方式已经谙熟，这也是女儿能够充分理解父亲的前提条件。

第二日，阿三头向兄弟们传达了父亲的意思，大家松下一口气。看起来老头子没事了，甚至为自己今后的生活做出安排，能见出对小辈的体恤，不禁心生戚戚之情。关于汽车间，阿四没什么意见，和亭子间对换好了，阿三头还愿意补贴阿四头由此减少的平方面积，不只是面积，还有作为商铺出租的价值部分。其实，除了老二，兄弟们都在进行买房的计划。像这样的老式公房，不能购买产权，就不能出售，只可出租，租金用来还贷。老大有意出租，半间房却不易找到租客，陌生人搬进又给另半间的老二带来不便，最好让老二一次性买下，这正是老二心里所想，只是生怕价格的差异太大，双方就都没有说出口。此时，趁老头子与阿四头调地方，不约而同地提出想法来。也是因阿三在场，有人主持议价，再有，更主要的，向来兄弟们利益上的差池，不都是阿三头平衡的吗？就这样，老大搬出去；朝南大间还原，归老二一家；阿四头住亭子间，其实房子已经买下，只是为了小孩子读书，还住在老房子里，出租的是新房子。老大也表示，他住远了，不在老头子眼面前，照顾的义务，老二老四也许就要多承担些，所以他让出的半间房，虽然超出老二的能力，但也还不是太夸张的。又一轮下棋，东排西调地安妥，接下来的事就是给老头子开一爿什么店。阿三头把问题留交给兄弟们讨论，自己先回日本去，过年再来。

　　做什么生意，总是要和过去所从事的职业有关。欧伯伯在印刷厂工作一生，小辈们第一想到的是开一爿书店，印刷厂不就是印书的吗？可是再想想，其实老头子一辈子都没有完整地读过一本书，家中的阅读物仅有一份新民晚报。而且，四个子女无一人的工作与书这样东西有关。到哪里进书，多少折扣，进什么书，如何交割买卖，件件桩桩都不知情。所以，书店的念头很快就放弃了。那么，从俗开一爿烟纸杂货店。

虽然是没接触过的行业，究竟联系日常起居，又是大众化的生意，门槛比较低，比较方便入行。问题是如今二十四小时便利店兴起了，遍地开花之势，老头子开店虽不指望多大盈利，但给个夕阳产业，难免有敷衍之嫌，也未必敷衍得过去，可不是一直不点头吗？然后想到小五金店，自家的抽水马桶，电灯开关，都是老头子亲手摆弄的，平日里又喜欢各色工具，小五金倒也投其所好。紧接着问题来了，说是小五金，却是有些分量的，一捆电线，一盒钉子，一副花洒，一套落水，老头子掂得起来吧！因此，还要是比较轻巧的小商品，比如文具。不过，文具往往连带着饰品：发圈、发卡，卡通人形的手机链，假水钻的戒指……实在与老头子的年龄身份不符。最后，还是欧伯伯自己拿的主意，那就是纽扣店。儿子们一思忖，果然很对，纽扣这东西，小而又小，拈起来不费力气，放下来不占地方，不是吗？这汽车间至多辟出一半做铺面，另一半还要住人，全部开店——老头子说了：不可能的呀！进货也很方便，七浦路批发市场，跑一趟就可卖半年的。欧伯伯张张嘴，以为要说什么，却什么也没有说。儿子们已经习惯老头子欲语还休的神情，是说不出来，又还有些不屑于说的意思。倘是真正紧急的事情，无论如何也会交代清楚的。所以等一会儿，没有下文，就起身回各自屋里去了。

欧伯伯欲言又止的那一席话，等过年时候，向回家探亲的女儿说出了。欧伯伯和所有的宁波人一样，喜欢说话也擅长说话。宁波话是一种十分有力量的方言，音节铿锵，语风犀利，从语言学角度，还是一种修辞性很强的方言，词汇生动，比兴丰富，由此及彼，生息繁衍，一旦说卄头，便止也止不住，汪洋恣肆。坊间流行的说法是，宁与苏州人吵架，不与宁波人讲话，那是讲不过宁波人呀！宁波人说话强硬，因为有底气，硬得出来。上海是国际大都市不错，但上海话里面有不少词汇语音来自宁波话，比如最著名的"阿拉"两个字，实在就是宁波话，所以说上海是"海纳百川"，对上海，欧伯伯还是服气的。如欧伯伯这样热爱说话的人，恰恰得了这一个后遗症，简直有点像天谴。然而，不是说上帝关上一扇门，同时又打开一扇窗吗？欧伯伯生病以后，渐渐掌握了另一种语言方式，就是极简主义。他先要将自己的思路整理清楚——欧伯伯没有一天停止过思想，将思路理清，然后找到最捷便的语言。听起来有些像小孩子说话，比如前面提到过的，"药吃吃，针吊吊"，事实上，小孩子的说话自有一番表现力，反是成人不可及。渐渐地，欧伯伯又领略到说话的乐趣了，过去做的是加法，现在呢，是减法。

　　这一回，欧伯伯和女儿说的话，就比较高深了，需要阿三头全神贯注，调集起她所有的阅历和体验，开动脑筋，最终理解。欧伯伯要讲述的是一个故事，大约关于——欧伯伯拍拍墙壁，阿三头明白是指隔壁邻居，以为就是如今这一户，但欧伯伯的右手臂固执地指向远处。阿三头左右上下，一直搜索到外婆家的邻居，欧伯伯方才点一下头，紧接着又摇一下头，期待地看着女儿。阿三头晓得方向对了，就从外婆家移到阿娘家——是阿娘家的邻居？欧伯伯放下胳膊，继续讲述。故事是这样的，宁波阿娘家的老邻居，祖上本是做官，退回原籍，因为什么罪愆，阿三头就猜不出了，这需要历史知识，阿三头恰恰就是历史没学好，只晓得一定有某种重要的原因，否则——"不可能的呀！"这一家人从此隐居坊间，过着清简但平安的日子。多少代下来，家人们保持一个族规，就是凡下锅的米，都是一粒一粒数出来的。欧伯伯从桌上药瓶里倒出药片在桌面，用一个手指头，一粒一粒，将药片从这边划到那边，聚拢起来——看着父亲的动作，阿三头心里一亮。她在日本，跟了几个小姐妹去寺庙玩，多玩几回，渐渐培养起信仰来，她揣测这数米其实与数佛珠的意思差不多，就是"修"！父亲手下的药片在眼睛里忽又变成纽扣，她终于明白父亲要开纽扣店的真正用心，这里面是有禅机的。欧伯伯将药片一粒一粒放回瓶子里，揿上盖子，然后握在心口上，说了一个字："静"。阿三头眼泪都要流出了，老头子不仅安排好自己的生活，还给精神找到归宿，儿女们真可以放心了。

春节过后，纽扣店就开张了，营业执照上写的是欧伯伯的名字，店名则叫"阿娘纽扣店"，是为纪念老太婆，还因为现在会有谁买纽扣？不就是阿娘们吗！各色纽扣分别盛在排列整齐的小盒子里，除了纽扣，还有针线搭扣，顶有意思又有用的，是一个专供穿松紧带的夹子。看起来和镊子差不多，但套有一个上下移动的小铁箍，关键就在这里。当镊子的脚咬住松紧带一头，就可将铁箍往下推，推，推到推不动，松紧带便被牢牢钳住，再送进裤腰的贴边里，如何牵拉都不会脱落，可一径顺利地送到另一头。若不是亲手穿过松紧带，经历过松紧带中途滑脱的尴尬，如何设计得出这个小东西！不只是懂得机械原理，还体贴人心。儿子们建议纽扣店顺便销售电话卡，被老头子拒绝了，说：不可能的呀！意思是两不搭界。但他同意将电话移在柜台上，连接计时器，对外开放，承袭了旧日烟杂店兼备公用电话的传统。事实上鲜少人来打电话，一是手机普及，二是电话亭满街都是。但欧伯伯还是每日将电话擦拭一遍，推到醒目的位置，这就有了一种"窗口"的形象。自此，这条街就又破了一面墙，开出一爿店。

二

一切停当，欧伯伯靠在躺椅上，看着店门前的马路，方才意识到，在他经历变故的同时，他生活了大半辈子的街区已经天翻地覆，换了人间。街面拓宽了，原本两边携起手的行道树没有了，新栽的梧桐还没长成，街心裸露出来，有一种惨白。马路对面耸立起一座称得上伟岸的建筑，有了它，两边的高楼就不显得突兀，而是挺自然，似乎本来就这样的，甚至于，很难想得起来原先的样子。在这一个不由分说的新世界，仿佛只是出于偶然才处身于其中。顺了宏伟建筑看，远远地，有一条直街蜿蜒过去，切断了大马路，纵深而入，留下一个森绿的路口。这是新世界的一点旧遗痕，被漏网了的，又像梦魇。这点梦魇要到午后，才会蔓延和洇染，一寸一寸，用光的形式，铺在宽阔的东西向的横街上。如同开头时说过的,过去的日子似乎回来了。也因此,过去的日子是在白日梦里面回来的。

欧伯伯在白日梦里盹住了,不知有多少时间过去,几乎是一辈子,都要转世投胎似的。因为他分明是个小孩子,赤脚穿双布鞋,走出船舱,"噔"一下跨上跳板,弹了几弹。睁开眼睛,看见一张俊脸,小孩子陡地长成了后生。是自己吗?又觉着不像了,而是像另外的某个人。疑惑中,那张脸又逼近了些,鼻头上有一层薄汗,嘴动着,有无尽的话要说,却没有发出声音。欧伯伯心下一急,也有无尽的话从胸中涌起,张开嘴,喉咙却一紧,止住了。欧伯伯这才从梦里跳出来,白日梦兀自从街面上闪闪熠熠地流过去。坐直身子,揉揉眼睛,看清了眼前的人。眼前的人果然是个后生,个头很高,又穿一身保安的制服,更显得英挺。脸型端正,五官轮廓鲜明匀整,十分标致。他将双手背在腰后互相挽着,这姿势很稚气,使他一下子变小了,小成一个孩子,那种腼腆的小孩子。事实上呢,假如他摘去保安的大盖帽,你就会看见他的额发已经稀疏,呈现败顶的趋势。他不很年轻了,大约有三十五岁。虽然如此,他仍然是年轻的。其时,他正笑着,他的笑容很天真,没怎么经过世事的磨炼,就没留下沧桑,简单快乐。欧伯伯避开眼睛,似乎不屑于看他,又似乎是招架不住如此通透的纯洁性,欧伯伯这一生蹚过多少污泥浊水啊!

年轻保安专跑得来,仿佛就是要让欧伯伯觉醒,然后就侧身站在了躺椅旁边。一个坐一个立,不说话,目光也无交流,其中却自有默契。凡是经过的路人,很容易就注意到这一点。曾有一个女人来配纽扣——偶尔也会有生意,遇到这种情况,欧伯伯抑制不住有点兴奋,他很耐心地将盛纽扣的小盒子,一格一格取出来,放在柜台上,供来人挑选。因为左边手脚不灵活,动作难免迟缓,所以嘴里就安抚着说:不要急!这是他说得流利的又一句话。其实来人只是要一种特定的纽扣,很快就找到合意的,或者很快就放弃了,欧伯伯一边交割钱款,一边说着:不要急!这一声里就流露出不舍的心情了。倘是来配纽扣,滞留的时间就略微久一些,连那年轻保安也一并帮忙寻觅,弯下身子,在玻璃柜台外侧,指点着里面的纽扣。女人问欧伯伯:是你儿子吗?两人相视一眼,同时摇摇头否定了。其实年轻人的长相与欧伯伯没有一点共同之处,欧伯伯即便在青壮时候,也只能算中等身高,现在又缩了些。欧伯伯是个瘦人,头型呈椭圆,接近橄榄状,宁波人大多有这样小巧清秀的头型,五官也是清秀的。欧伯伯又在薄削的鼻梁上架一副眼镜,看上去就有斯文气。而年轻保安则是血气充沛，圆头大耳。女人关于是不是父子的问题其实并不真的以为他们会是父子，却是反映出模糊的认识，这一老一少之间有着某种似是而非的关系，究竟是什么呢？女人配到合适的纽扣，走了，望着她的背影，欧伯伯说一句：不可能的呀！年轻保安跟了一句：就是讲呀！只这几个字，你也听得出来，年轻人有着严重的口吃。

这条街上的生意多半冷清，上门的不外是熟客，说是买东西，不如说是聊闲天。一二年下来，欧伯伯也有了一位熟客，就是那口吃的青年。这里的人都叫他囡囡，是乳名，更可能是诨号。这样高大俊拔，且已不是年少，叫作"囡囡"，多少带了讽意。事实上呢，在这城市的弄堂里，那些居住了二代、三代的老户，就有将"阿狗阿猫"的称谓叫到老的。在年轻保安出生的六十年代末，上海的弄堂还留有旧时代的遗韵，小孩子拉帮结派，弱肉强食——如今弄堂都不剩几条了，当年的小孩子成家立业，要么不生，要么只生一个，一个受几个管，再没有自由可言，小孩子的社会便随了弄堂一并消失了。囡囡是不入帮派的，照理行不通，人们不会放过他，但有姐姐们簇拥着进出活动，也就拿他没奈何，只能冲着背影跳着脚唱：小弟弟小妹妹让开点，敲碎玻璃老价钿！

"囡囡"是家中唯一的男孩子，母亲怀他晚，怀在肚子里的时候，父亲去世，所以是奶末头，又是遗腹子，如何的宝贝可想而知。最小的姐姐也要长他六岁，最大的则已经十五岁，可作他的小妈妈。一家人囡囡长，囡囡短，"囡囡"的名字就是这么叫出来的。要说他的口吃，一半天生，一半是"嗲"出来的。小孩子说话上的毛病，是被大人打好的，打不好的，就到社会上，在耻笑中矫正。他呢？谁敢打他，耻笑他？不仅不矫正，全家都用他的腔调说话。本来只是咬舌头，说话不利索，上了学，就有姐姐们护不到的时候，心里紧张，不由得结巴起来。因为怕人笑话，索性不开口，又妨碍了他交朋友。但他不怕孤单，一旦回家，便是热乎乎的一窝人，而且都是女性，简直就是温柔乡。这温柔乡是害他，又是有益于他，那就是养成他格外驯顺的脾性，没有一丁点戾气。无论怎么欺他，最多走开去，也不会冲撞。时间久了，晓得是这样的人，毫无恶意，人们便也都善待他了。正合了一条坊间的真理：老实人不吃亏。

初中毕业上了一所旅游职校，他最合适学烹饪，因为不需要说话交道。但练刀功这一条就过不了母亲姐姐的关，从小家里就禁止他碰刀剪，再加上热火沸油，处处都是危险。那就做接待，每天早晨，穿了新做的西装站在校门口练礼仪。看他仪态轩朗，活脱是个前台经理，一开口却不行了。最后是做客服，就是客房的清扫工。虽然从小都是别人服侍他，他没有服侍过人，但却也没什么成见，很肯学。实习的时候，客人看他手脚勤快，人又长得可爱，很有好感，尤其是外国客人，看小伙子不说话，以为是不会说外国语，更觉着一点缺点也没有。很少有的，实习期就签约了。几年下来，可以晋升一级，担任楼层管理什么的，可管理层至少要对手下员工说些什么吧！于是，眼看着客服们一班一班轮替，越来越年轻，就好像是自己的下一辈人了。实在觉得难为情，三十岁上便辞职不做了。曾经打算学财会，考个上岗证，学费也缴了，可是，脱离学习生活久了，很难进入状态。坐在教室里，看老师一个人在黑板前讲东讲西，脑子不知溜到哪里去了，就没有学下去。姐姐也说了，即便考到上岗证，也未必有岗位，因为人人都有财会上岗证。果不其然，单他们这个班，就有五六十人，满满当当的。接着又尝试学电脑，办公室程序——都是姐姐们的建议和付的费用，不料更难学了。他埋头做客服的日子里，社会都进步到哪里去了！知识又更新到哪里去了！遭受挫折难免让他气馁，但也不顶严重，因为有姐姐呢！她们总会把他安置妥了的。这不是吗？他在这家德国投资的物业公司做了保安。这城市里，做保安的，要不是外地的，就是"四〇五〇"退休或者待退休的。前者是临时过渡型的，随时可能离开；后者呢，多是有些落魄，带着怨艾的表情。哪里有他这样年轻好看的上海人！立在小区门口，都能提升楼盘的级别。

没有父亲的他，在母亲和姐姐们的呵护下，衣食无缺，没病没灾地长大成人，就学就业，从家里到社会，一步未脱，唯有一班车落下了，那就是婚娶。他这般品貌，纵使有口吃的毛病，也不应该悬空。职校里的同学，做客服的同事，也有喜欢他或者他喜欢的，还有姐姐们呢，为他引荐的可不少。可总是不凑巧，他喜欢的人家不喜欢，喜欢他的，他又没感觉，或者两下里都有点意思了，姐姐又坚决反对。姐姐反对，母亲也只得反对，要按她的意思，个个都是好的。儿子的脾性随她，都是好说话。再加上，做娘的心里真是急了。时间一日一日过去，似乎越往后过得越快，二十五岁刚过，三十就赶上来了，翻过三十，三十五又赶上了。这个年岁的人，谁不结婚生子？私下里，她分别对儿子和女儿说过迁就的话，差不多就行了。儿子说，听姐姐的。姐姐们呢，多年已经养成习惯，垄断弟弟一切事务。在她们眼睛里，这个弟弟交给谁都不放心，都是受欺负，都是吃亏，其实潜在着占有的心理，所以挑剔得格外厉害。奇怪的是，三十五岁就像是一道坎，一旦翻过去，大家都平静下来。母亲不那么着急了，甚至还觉着母子厮守着更好，想不出介入一个外人会是什么情景。姐姐们介绍对象的频率也疏阔了，渐渐趋向于无为。他则是正好，陡然轻松下来，终于脱卸义务似的。就这样，这个年轻英俊的保安，还是一个未婚的童男，"囡囡"的称呼，真是名副其实。早晨，太阳照着那一片楼宇，小区的铁门大开，汽车进出，车身的反光交相辉映，他挥动手臂——戴着雪白的手套，指挥车辆，多么清新和神气啊！车主们通常会从摇下来的车窗里招手回应他。

清闲时，大多是在午后，当值的保安有两个呢，轮替着走动走动，他就到对面街上的小店看看。小店的业主通常比较慵懒，少有主动招呼买卖的，要是招呼上来，他可就窘了。还好，人们至多投来询问的目光，任他柜台上下浏览。渐渐地，他胆子大了，会跨过门槛，走进店堂，东看西看。他并不是想买什么，他需要买什么？样样都是现成的，只是看看，看看也好呀！草编的箩筐里盛着软木底的拖鞋，鞋面上打着蝴蝶结；毛巾一扎一扎摞起来，袜子也是一扎一扎的，却像手套一样五个脚指头分开着；后跟像锥子样尖利的女鞋，或者熊掌般镶铁钉的踩雪靴，鞋头上也画着五个脚指头，这他就看不懂了。他纳闷的神情看上去很像孩童，恰巧店主心绪不错，就会向他解释。他通红了脸，一句没有听清，比不解释还更糊涂，然后就放下东西，仓皇离开了。人们慢慢还是发现，这个小伙子语言上的问题，但并不妨碍对他的喜欢。当然，免不了的，要调笑调笑。他的标致，他的未婚，他的乳名"囡囡"，还有他的口吃，都是调笑的资料。尤其是那些个"四〇五〇"的阿姨们，其实是调情呢，缠住他不放。倘若这情形发生在纽扣店门前，欧伯伯就大吼道：烦死啦！声量之大，气势之汹汹，将阿姨们吓一跳，年轻保安乘机逃窜而去。

因为欧伯伯帮他解困，还因为欧伯伯的说话——年轻保安自己说话上的毛病，使他也不好批评别人，所以他宁可认为欧伯伯自有一套语言方式，而他竟然能够听懂。一片含混不明的语音，突然间，有几个字爆发出来，在他听来，是有振聋发聩的效果，其中藏着大道理！他专注地听着，欧伯伯因此也变得话多。他发现这个年轻人是继阿三头之后，又一个能听懂他话的人，但听的方式有所区别。阿三头是领全局而归纳推论，然后攫取主题思想；囡囡——这真是个奇怪的名字，这么长而且大的一个男人，却叫"囡囡"——不可能的呀！和阿三不同，"囡囡"是逐字逐句地理解。前者是用头脑，后者是用耳朵，这更接近于对话的本意，欧伯伯也就更能领略说话的乐趣。在欧伯伯长篇演讲的过程中，"囡囡"也会作出回应，"就是讲呀！"甚至于，在比较特殊的情况下，他会大胆地与欧伯伯讨论。他忘记了自己口吃以及口吃带给他的自卑，小孩子的学样，去看口吃矫正门诊，医生教他把每个音节拖得很长，发出古怪的声音，让他从此更不敢说话了。他吃吃吃地与欧伯伯辩着，欧伯伯连连摇头，脸上带着宽容的微笑，笑他见识浅。到底年轻，吃饭没他欧伯伯吃的盐多。至于说话不连贯，这有什么呢？可以这样说，也可以那样说，说话不过就是一些声音，重要的是声音底下的用心，声音本身并没有多大的意义。

所以，倘若有第三人在场，听他们说话，先是要笑死。笑到笑不动了，却会感到茫然，不知道他们在说什么。显然的，他们是在说着什么，只是他不明白，于是就会觉着寂寞，然后讪讪地走开。

现在，年轻保安成了纽扣店的常客。中午吃饭休息，他溜达溜达就过来了。站在小区门岗，看到有送桶装水的车停在纽扣店门口，他一下子就蹿过马路，帮欧伯伯扛上水装好。有快递公司送货的，他也一下子蹿过来。他可是有眼力，而且有心。对年轻保安的效劳，欧伯伯一方面泰然受之，一方面也是有回馈的，那就是做人的道理，来自他一生的经验，称得上宝贵的财富，他都没有给自己的儿子说过。他给年轻保安说了多少话啊！欧伯伯说累了，靠回到躺椅假寐。年轻保安倚门站着，静静地看面前的马路。汽车驶过，平铺的光便流动起来，也不只是光，还有别的什么，是时间吗？他还年轻，又是颠顸的性子，体会不到人生的苍茫，但有一种失落，隐隐地，好像咬噬着心。这空旷旷的时间是养人也是害人，让人觉得有意思又没意思，有聊又无聊。好在，这一段惆怅的情绪不会太久，否则年轻保安真要挡不住，变得悲观。总是会有一点人和事来打岔，比如一笔极小的生意，什么生意能小过纽扣店的？甚至连纽扣都不是，只是一个搭襻。欧伯伯颤抖的手可拈起它还真有点麻烦，是怕麻烦，也是慷慨，一盒子搭襻统统倒在柜台上，叫来人自己挑。年轻保安好奇地看着女人的手指尖在一堆搭襻里划拉，数着一、二、三、四，因为一块钱可以买六副！这细金属丝弯成的小机关，能做什么呢？他疑问的目光在买卖交割的双方之间流连，欧伯伯自然明白，告诉道：没有用？不可能的呀！于是便晓得了，表情转为释然。这是一个打岔，再一个，是有过路人来问路，这就有些纠缠了。本来是可以用比画指示大致方向，但欧伯伯是有责任心的人，单靠比画人家怎么搞得清楚，再讲了，他又不是哑巴，所以就非要说个明白彻底。欧伯伯说了，年轻保安也不甘示弱似的，也要说，是以插话与应和的形式。有欧伯伯在前面挡着，他什么都不怕了。这一阵子，可是很热闹，很多只言片语在空阔的马路上飞来飞去。一开始没有头绪，后来慢慢地有了，呈现出秩序。在那老的含混的语音中，那少的往往能够点出一个关键词，同时却又往往阻滞在这一个关键词上，无法进行下去，这时候，老的便以毋庸置疑的语气截断，再发出一串语音。假如问路人恰巧是个耐心的人，又不着急赶路，就会有新发现，这一老一少知己知彼，可以不通过语言进行交流。但这看法却偏颇了，他们也是通过语言的，只不过是另一套语言，只要你谦逊，放弃成规，你也可以进入他们的系统。这不，人们最后知道该如何抵达他们的目的地，而且，没有走一点弯路。还有一种打破寂静的不期然，是少数之少数，偶然极了，但也不是完全没有，那就是有人来打公用电话。方才说了，人人都有手机，街上的电话亭三五步一个，可偏偏就有漏网的鱼，没有手机，又没有电话卡。欧伯伯站起身，将擦拭得锃亮的电话座机向柜台边推一推，意思是"请"。老少二人都沉默着，凝重的空气积蓄起来。

打电话的人浑然不觉,兀自说着,言语流利穿行,简直如金蛇狂舞。这两人愈加沉默了,树叶间的光斑在地面上弹跳,就像那金蛇身上碎下来的鳞片,闪闪烁烁!这人怎么说得那么多,那么快,那么意兴盎然!这些话表面上是连贯的,但是底下呢?底下的意思是什么?有什么意思?不都是废话嘛!他们二人终于从那不断气的语音中喘息过来,相视一眼,会意地笑了。欧伯伯摇头,年轻保安也摇头,两人甚至感觉比方才寂阔的时分更加无聊了。于是,一个回到躺椅上坐下,一个穿过马路回到自己的岗位上班。

倘若没有这些外来的动静,闷极了,年轻人会兀自走进店堂,推开一扇门,门里就是欧伯伯的居处。他常来常往,可自由出入房间。弯腰从床底下的米桶里抓起一把,出到店门外面,将米撒在地上,只一眨眼工夫,就有麻雀来啄食。一只,两只,然后五只,六只,最终为成群之势,扑啦啦地飞落下来。麻雀们都很茁壮,像一头头小鸽子,是欧伯伯家的米喂大的。它们中间先是有一只认识欧伯伯的家,接着,一拖二,二拖三地越来越多。它们埋头啄着米粒,连那嵌在地砖缝里的也不放过。有生出来不久,刚刚学会独立觅食的小麻雀,难免看走眼,就啄到欧伯伯穿了拖鞋的脚,甚至站上去,小爪子痒酥酥地挠在线袜底下的脚背和脚指头，欧伯伯做出很凶的样子：去！去！小东西并不害怕。年轻保安的黑皮鞋是不会误会成可食的吃物，大概也因为有一种威严，缺少一点谐谑性；麻雀其实是有风趣的禽类。一阵子嘈嘈过后，街面上的米粒一颗不剩，麻雀们一振翅，全飞走了，欧伯伯心里骂一声：小赤佬，没良心！

不知不觉中，太阳西斜了，将影子拖曳得越来越斜。街面上的光就有了对比，景物呢，也变得立体起来。车和人都约略地多了，就好像从空茫的时间里一跃而出。市声贴地起来，轰轰然的。昔日的时光收起来，越收越远，一直远到斜对角那个街口，陡地收拢。就像日落时，太阳在海面越垂越低，就在与海水相接的一瞬，落入金汤之中。那个街口，绿森森的，是从剧变中截留下的一段老日子，老公寓也是。老公寓站在街区的收尾之上，这城市的地面本来高低起伏，又有许多水道，修改填平之后，还留下许多犄角和弯势，为了取直，东开一道，西开一道，街道和街道之间，则形成一些三角形和多边形的街区。所以，欧伯伯所面对的这条大马路的背后，也就是主干道的内腹，地形相当复杂，但也因此而流露出微妙的情致。现在，新的高楼起来，高楼和高楼连成片，将这情致掩埋了。不得已而切下边角零碎，就是那些旧街口和老公寓，成了新城市里的残壁，一股子破败相，只有在某一个特定的时间段的光线里，方才回复昔日的面目。时间过去，旧影消失，又接着颓唐下去。

这阵子活跃以后，时间就过得快了，眼看着向晚。暮色起来了，左右店铺相继关门打烊，纽扣店里却还有灯光。躺椅收进去，关上临街的门，柜台上的拉窗也拉上，通里间的门却开着，传出电视机的声音。欧伯伯的耳朵穿过这声音，还听得见那声音。说来也奇怪，无论电视机里唱也罢，说也罢，也无论音量放到多大，说实在，欧伯伯这岁数，再不服老，也是有些耳背的，可是只要窗外有人叫一声：有人吗？欧伯伯立刻就进了耳朵。甚至于，窗外的声音并不是针对他，而是两个过路人自己和自己说话，也进得欧伯伯的耳朵。他从里间屋探出头，先用眼睛看住来人，嘴里说着"不要急，不要急"地走出去。他的行动总要比思想迟缓几拍。慢慢走近柜台，拉开窗玻璃。窗外的马路像一条静河，路灯流丽，斜对面小区门口已经换了岗。路灯下，欧伯伯的眼睛反而看得很远。来人似乎有些惊讶，说：以为没人呢！欧伯伯说：不可能的呀！一边拿纽扣一边又添一句：做生意！来人又说：是呀，电视机开得这样响——这时候，陌生人的说话倒有些接近欧伯伯的系统了，在表面的不对应底下对应，可能是静夜的影响，可是事情很快又回到俗套上，那人接着说：电视机这样响，倒听得见！欧伯伯就只是微笑，没有回应了。并不是说不清楚，他有什么说不清楚的，而是不想说。要是阿三头或者"囡囡"在这里，他或许还有兴致说说这个话题。

将阿三头和年轻保安放在一起想，欧伯伯觉着对阿三头不公平，这怎么能比呢？阿三头是多么聪明的一个人，又有多少体恤心，是血亲啊！年轻保安呢，可是个笨人，但又不是不聪明。很多聪明人实际上是笨的。怎么解释？这就好像电视机的声音和人声的区别，电视机声音再响，也盖不过人声。人声，就好像，就好像一根针，针尖虽然小，却穿得透几层布。很多聪明人就是声音响，而有些笨人声音不响，甚至还很闷，但却像针一样穿得过去。阿三头，又是响，又是穿得过；年轻保安就只是一根针，要对准地方才有结果，对不准，也是麻烦。人生是这么大的一盘棋，百密还有一疏呢！莫说是百疏中唯有一密。说起来没人相信，这一年，老实人竟然也沉迷了。

保安的生活是乏味的，体力上没什么支出，但耗时间。尤其夜班，一个通宵，会有什么事情？没有事情加上瞌睡，就难挨得很。保安中很有几个油滑的人，下岗或者内退，"四〇五〇"，原先在单位做过，晓得规章制度的空子，又多是颓唐的，对社会有着诸种不满。他们当面对业主和老板逢迎，背地里不知发什么牢骚，多少疏漏都能被他们花哨的手势掩饰过去，文过饰非，于是，埋下种种弊端。在地下车库的一角，承重墙后面，正是一道吊梁，形成隐蔽的空间，到了夜间，这里就摆下一桌麻将。保安们已形成默契，分作上半夜和下半夜，轮替打牌和代岗。那年轻保安起先没有参与，他的牌艺不出家门，只和母亲还有几个邻居老太太玩过，都不敢确认自己会还是不会。再看那些保安们的牌局，形势之险危，出手之凌厉，还没看明白来龙去脉，已经放倒桌上，和了，就更不敢称自己会。所以，轮替总是从他这里跳过，为补偿他代岗的辛苦，同事们也会给他额外的照顾，管理层跟前说些好话，白天清闲时让他周游周游，偶尔他要陪母亲看病，替姐姐办事，私下里顶个班，也是无话的。总之，互通有无，利益均衡。事实上，年轻保安也并不以代岗为苦事，相反，在几座楼之间来回走动，还可打掉熬夜的瞌睡。静夜里，一个人走在小区，草木的清香缠绕。他专挑草坪上的卵石路走，露水将卵石洗得晶亮，在鞋底下打滑。小区中央有一个长方形水池，纵向排一列水泥方墩，方墩与方墩间隔半步宽，从上走过，就好像行在水面。尽管很多时候池子里是不放水的，为了节约物业成本，但即便是一个干涸的水池，走在上面，也会有凌驾于高处的得意逞性。年轻保安来回走着，调整脚步，调整到正好一步一墩，那是比一大步小一点，比一小步又大一点。水池的两边立着两排雕塑，都是外国神人的形状，扭曲或者伸展着半裸的身体，衣带袍袖翻卷飞扬，白天不觉得，夜幕下却好像活过来似的，是夜花园里的精灵。有时候，他替牌桌上的人买香烟，就要走出小区，越过马路，到对面街角二十四小时便利店。一旦出去，便发现无论多么晚，这城市其实还醒着呢！汽车穿心而过；远处的楼宇打着灯，有的是从外打上去，通体发光，有的是从里边打出来，一格一格的光；便利店里还有一些青年男女，买水和食品；柜台里的小姑娘眼睛亮亮的，一无倦意；树荫里倏忽就闪出夜行人来。

这只是在开始，后来人们就不让年轻保安置身事外了。出于一种不无阴暗的世故心，觉着必须将这一个纳入他们的地下活动，才保得住安全。年轻保安已经够口紧的了，可是，不怕一万只怕万一，人心隔肚皮，这年轻人看着老实，究竟也是三十五六的年纪，单身一个，终是古怪的，让人不能彻底地放心。于是有一日，几个人一抬轿子，容不得他说不会，有什么会不会的，吃饭你会吧，睡觉你会吧——这话就有些色情了，保安们自己笑起来——一摸自然就会了！他吃吃吃的又说不清楚，硬着被按在麻将桌前。方一上来，他真是让人笑掉大牙。说他不会吧，他倒也打起来了；说他会吧，路数又全不对。上家和下家都搭不到他的脉，出牌吃牌，看不出牌理，正糊涂，他却说"和"了。推倒一看，各色牌插花着，他却有个名目，叫"十三不靠"，大家就又起哄，吵着让他把牌翻回去。这才知道，老太婆们的牌路与外面世界完全不接轨，大约从古时候传下来，几乎称得上麻将的化石。然而，就像欧伯伯的看法，这一个笨人，却不是不聪明，很快，他就领略了这麻将与那麻将的同而不同。这麻将看起来限制严格，成一副牌不那么容易，对手们也十分精明老道，全不可与老太婆们同日而语。但正因为周密，所以也是可计算，有路径可寻。又是很快，他就沉迷下去了。坐到牌桌前，他一抖擞，眼睛放出光来。而且，麻将又有一桩特别适合他，就是不用开口，一张牌去，一张牌来，多么流利和欢畅啊！时间速速地过去，东南西北一圈，天光已经微亮。夜花园在晨曦中，退去了神秘性，变得澹泊而干枯，走在里面，只觉着眼睛发涩，哈欠连哈欠。身上呢，一股汽油，香烟，还有受潮的水泥气味。

年轻保安气色颓败了，脸也好像瘦一圈，就有些松弛。最主要的，原先眉目间的明朗没了，变得沉暗。照理是一样熬夜，可熬夜和熬夜不同，有的夜是清夜，有的则是浊夜。连他的身架都约略走形，微微佝偻下来，而且失去轻捷，有了疲态。他真看出岁数来了，别人看不出来，连他母亲也未必看出来，朝夕相处的人其实是盲目的，但欧伯伯看出来了。

午后时分，他还是照常过来，在欧伯伯的躺椅边消磨一会，不是站着，而是蹲下来，两只手扶在分开的膝头上，头垂在中间。欧伯伯嗅到他身上的气味，一股衰气，心中十分有数，只是不问，等着他自己开口。一旦开口，就有几分自知，还有救。所以，两人一个坐一个蹲，时间过去，几可听见汩汩声。年轻保安眼睛蒙上血丝，眼睑浮肿，时不时要摘下帽子，好像格外嫌热，于是裸露出稀薄的额发，发际又后退有一指。前额上一片油腻的反光，他变得爱出油了，显现出荷尔蒙分泌不平衡的迹象。他将帽子顶在手指头上转着圈，这个动作既流气，又透露出茫然。许多日子忘记喂麻雀了，似乎为了提醒，飞来一只两只麻雀，在他脚下徘徊，一会儿又飞走了。飞来和飞走，他都视而不见。他的手指头被烟油熏黄了，牙齿上染了茶垢，舌头在嘴里卷出点食物的渣，随便往地上吐一吐。这一段日子，一老一少在无语中度过。应当说，他们有许多时光无语地度过，但无语和无语也不同。那无语是你知我知，这无语却你不知，我不知。分明有什么将他们隔远了，究竟是什么呢？

在欧伯伯，"不知"的仅就是具体的这一桩事，从宏观来说，他其实是全知，也就是天地有知的意思，无非是移性，但移在哪一个关节处，就不得而知。年轻保安的"不知"正好是倒过来，具体的事是知道的，却不知这事究竟是什么事，为不知天地。两人这么隔着心，连平常的交流也没有了，比如互问吃什么午饭，夜里睡眠如何，小区有什么事故，纽扣店有无生意……没什么大不了的内容，更可能是仪式的意义。尤其这两个人，各自使用的都是一种经过提炼的片言只语，仪式感就更强了。好比孔子说的"尔爱其羊，吾爱其礼"，仪式可在外形上规定事物的性质，使其内涵不致涣散和流失。现在，仪式在崩溃。知己们一旦有了隙罅，就比普通的交道更加疏离，从物理上说是相吸相斥，力量的反弹，体现在心理上则更微妙，似乎过去的好都成了障碍，动辄碰壁，只得越退越远，终成陌路。

好在，习惯的力量是强大的，年轻保安是一根筋，欧伯伯呢，你可以说他墨守成规，也可以说是姜太公钓鱼，愿者上钩。所以，午后二三点，保安必到纽扣店来，好比点卯，欧伯伯则来者不拒，照单全收。然而，在这惯性中还是加入了新的动力。自从开始麻将生涯，年轻保安的身心都在折磨中，他体尝到欲念的吸引以及自毁的威胁，期盼得到救赎，就像一个犯过失的教徒去到神甫那里告解，而欧伯伯自恃为救赎者，从不放弃责任。但保安没有教徒的自觉性，欧伯伯则缺少神甫的仁慈，多少有些苛刻呢！就是金口不开，等着年轻人说话。可年轻人不是在迷茫中吗？都不知道究竟发生了什么，更不知道要说什么。倘不是因为钱的事，这僵局就会继续下去。

刚上麻将桌的时候，年轻保安的手气很好。不排除人们为哄住他让牌，但还是新人新气象，自有威慑力量。起势过去，进入常态，局面就变得平淡了。他的锐气在老辣的对手跟前，渐渐挫钝下来。同时呢，他在麻将上的逐步精进补偿了运数的不足，所以有输有赢，总量上基本持平，或略在中线之下，下来的也不多，只一点点。凡打牌都是要赌钱，保安们的口袋大多比较瘪，但又多有破落户的心理，没有钱，就搏命，终又被胸襟限制住。因此，他们的赌注不算大，却也非是阿姨外婆的小麻将可比。年轻保安的零用钱勉强够应付的，再说，他不是在追求进步，不断增添经验。从概率上说，输赢是相抵，最终不赚不赔，怕只怕人为的因素。当年轻保安埋头于博弈的时候，根本注意不到牌桌上的那些眼色和手势，凭他纯良的性格也万万猜想不到。看来，人们将他拖进牌局，不只为同盟计，还因为，这是多么好的一个"冤家"！他不计功利，一心只在牌艺，赌品极正，从不拖欠赌债——他一个人，无妻无小，有个母亲，又不要他养，反过来大概还要养他，还没有烟酒嗜好的开销，到哪里去花钱！而保安们大多拖家带口，手头拮据。忽然有一天，年轻保安发现钱包空了，结不清账了。第一个反应是自责，自责懈怠与退步，待要鼓起士气，再接再厉，却难挽颓势。颓势激励又一轮的发奋，可发奋越剧，颓势越速，很快就无可制止，直落而下。其时，不知不觉，博弈蜕变成博赌，对策中的智力竞争单纯为进账和出账，而好运气离他越来越远。终于，他也同那些牌桌上的前辈一样，开始欠债。人家欠他时不觉得，他欠人家时方才知道，什么叫作生活的压力，什么又叫作世态炎凉。他不能向母亲和姐姐伸手，一伸手就会牵出打牌的事，亲人们会如何心寒。思来想去，唯有向欧伯伯开口了。倒不是说欧伯伯不会对他心寒，怎么说呢？欧伯伯不是至亲，伤得起一些。还有，欧伯伯有那么多见识，向来肯教导他，这一回也不会放弃他的。

三

年轻保安终至挨不下去，向欧伯伯坦言了自己的窘境。他是这么说的：拿点钱来用用！憋了那么久，米水都熬成粥，这几个字就是从牙齿缝屏出来的，简直掷地有声，一点没有迟疑和打顿。在别人听起来，不像是借钱，反像是打劫，但欧伯伯了解他说话的困难，又揣度得出他境遇的危逼。欧伯伯什么不知道啊！等了这么久，不就等他一句话，不论怎么样的一句话，都是透露了实情。其实，在欧伯伯心里，一番训诫也差不多百炼千锤，待到出口，却成绕指柔。这就是修炼的程度不同，慧根也不同。欧伯伯只有三个字：不要急！看似答非所问，但说的和听的全明白，这才是交心！保安惭愧地低下头，手指头上的帽子不转了，而是团在手心里，隔了一时，抬起来在眼睛上擦一把，原来落泪了。静默许久，又来了一只探视的麻雀，竟落在保安的肩膀上。这肩膀呀，原先多么饱满与挺拔，如今分明瘦了，也不是瘦，而是佝偻。衣服皱巴巴的，麻雀的小爪子，在上面爬，痒酥酥的，让人更加鼻酸。最要命的是，那样的压力和痛苦之下，依然还记得，今晚上轮到他上麻将桌。所以，"拿点钱来用用"的说法，一方面是吐露真相的突破口，另一方面也确实形势所迫，老实人的无耻是直逼逼的。

抹了一时眼泪，年轻保安又说出话来，是一个数字：两千，同时伸出两个手指。欧伯伯也用动作回答他，抬起方便的右手，在胸口紧拍两下，表示吓一大跳！意思却有些暧昧，可以是数字大得惊人，亦可以理解成一种反讽，其实不足为道。保安一径低着头，豁出去地，伸出一只手，手心向上。他真是个落魄人了，没脸没皮，破罐子破摔。欧伯伯一点不动气，将手握成拳，停在年轻保安的掌心上方，然后一松开，说了两个字：空气！好像变戏法。年轻保安的手收回去，和另一只手一起抱住头，他无地自容了。之后，两人再没有说话，无声相持着。午后的寂静渐渐换成喧哗，光线雀跃起来，在汽车顶上，还有人的脸上身上，交互流动。年轻保安站起来，走过马路回岗位去。欧伯伯靠在椅背，眼睛没有转动，余光里是一个无限愁苦的背影。他几乎笑出来，果然不出所料，好比孙大圣七十二个跟斗，也翻不出如来佛的手掌心。

晚上，欧伯伯几次听见拍击玻璃窗的响动，以为有生意要做。走出去，拉开窗，原来是梧桐树叶吹落地上，扫起沙沙声。行人兀自走着自己的路，汽车驶过。眼睛望过去，对面那幢宏伟的公共建筑矗立着，划下天际线，白天不觉得，夜里却是威严和肃穆。往西去小区连小区，楼体里嵌着灯光，不是堂皇的亮，却有一种剔透。楼和楼之间的路灯，却是流畅的，在森黑的树木中穿行。再过去就是那个神秘的路口，此时更加深幽，视线一旦触及那里，猝然时光倒流。那个路口分明是个时间隧道，街角、树种、建筑、红绿灯，都是几十年前的老样子。欧伯伯恍惚一下，视线退回几步，在路灯下徜徉，就好像等待约会。凭了柜台站一会儿，路灯在眼睛里洇成光晕，又扩大和澹泊开来，有过路的认识的人喊他一声"欧伯伯"，不由一惊，醒过来。拉上窗，离开柜台进去里屋，过一会儿，复又有动静，再出来。如此往返，直至夜深。欧伯伯方才发现，这条马路在夜晚里其实是相当繁忙的。来去几条车道，全是首尾相接的车阵，车前是白灯，车尾是红灯，转弯的黄灯一闪一闪，等待前边路口红灯转成绿灯，然后无声地流淌过去，寂静中升起一股喧哗。欧伯伯被震惊了，他凭着柜台，望着眼前壮观的一幕，简直是灯河啊，河面宽阔，对岸变得遥远而且莫测。

下一日，年轻保安没有来，欧伯伯晓得值夜的次日是休息，再下日才可排到白班。谷雨之后，白昼越来越长，午后的太阳尤显得漫无尽头。欧伯伯半靠在躺椅上，盹着了，做一个长梦，梦里面老太婆从黑发到白发，醒来树影动也没动。再盹着，这一回是阿大、阿二、阿三、阿四，一排萝卜头，脚跟前长到齐肩膀，再向头顶蹿上去。睁开眼睛，树影还是不动。第三回盹着，眼睛刚合起，却伏下一个人的脸，将光线遮暗了。那脸是笑着，有鼻息拂上来，健康的，清新的鼻息。陡一睁眼，树影移了一大块，那人呢？太阳地上印着疏阔的枝条叶片，转眼间，渗透进去，全偃息了。夜晚，下起雨来。雨线均匀落在地面，偶尔，响起一声咽，蓄积的雨水一股脑灌进窨井口。欧伯伯索性将晚饭端在柜台上，一边观雨景，一边用餐。街面，车身，楼体，金属栅栏，一并在雨中发起光来。灯就毋庸说了，晶晶莹莹，闪闪烁烁。连柜台下面的纽扣，都变成了琉璃珠子。这个人工的世界，从亿万年的蛮荒里进化过来，无数次基因变异，下了一个蛋，此时又和母体邂逅了。没带雨具的人们在雨中疾步走着，有一个女人放弃了和雨势赛跑，就站在欧伯伯的门口躲雨，门上只有二十公分宽的一道檐，也够她缩手缩脚地藏身。后来，不知什么时候雨小了，女人离开了。这一个夜晚很平静地过去了。下一个夜晚也平静地过去，年轻保安没来。

欧伯伯的账轧不平了。虽然只是几块钱的小生意，欧伯伯每天都要盘点的。和从前一样,角角落落里的出入都要核算进去,锱铢必较,这才叫轧账。不是欧伯伯器量小,而是对贸易与货币的正直心,没有一分钱不明来路,也没有一分钱不明出路。曾经有一个老太婆来买松紧带,是嫌欧伯伯动作慢,也是好心,不让欧伯伯麻烦,就声明不要找头,说"算了算了"的。欧伯伯顿时发火了,他屈起手指,用关节敲击柜台,说:不要急!不要急!同样的三个字,意思却大不同,是愤怒和谴责。老太婆果然被震慑住了,嘴里喏喏着,接过五个一角的分币。老太婆走了许久,欧伯伯还在生着气,他认识这老太婆,困难时候,在菜场拾过菜皮,可竟然看不起钱来了。骄傲!他对年轻保安这么批评道:骄傲!曾经还发生过一件事,一个西装革履、老板模样的年轻人,在路边等他的私家车。看纽扣店一分一厘的买卖,也是出于好心,觉着老伯伯不容易,上前就要把纽扣全买下来。欧伯伯不理睬,没有一个字的回应。年轻的老板说了几遍,连钱都摸出来了,厚厚一刀,欧伯伯还是不回答。老板也很窘,恰好,他的私家车也到了跟前,乘势收起钱,离开柜台,自我解嘲地咕哝一声:聋訾!欧伯伯立刻发出声音:不可能的呀!年轻保安则跟进一句:就是讲呀!老板砰一声关上车门,落荒而逃了。

向来认真对待生意的欧伯伯，轧不平账是多么苦恼啊！他早早关了店堂里的灯，坐在饭桌前，摊开账本。欧伯伯的账本多么干净、漂亮，完全值得收藏。账本一边是计算器，一边是算盘——也可以进收藏，可是有什么用呢？那几块几角就是轧不进去！欧伯伯回顾一整天的银两进出，有限的几笔，照理是清清楚楚，无奈思绪的链条常常脱落，就有漏掉的了。是什么在打扰他呀！欧伯伯晓得这么一径地想是想不出来的，要换个方向，掉头想过去，兴许就迎面碰上了。于是站起身，走到店堂里，重新开了灯，眼睛在柜台下搜索。窗外的防盗帘是一个一个金属扣，通过扣眼看见外面的马路，车灯静静地闪亮，犹如众声喧哗。欧伯伯的手挨个儿从一格格纽扣盒里抚过，抚过时便拈起几个，想起宁波老家数米下锅的邻居，渐渐平静下来。手下的大小纽扣忽换成金属搭扣，心头一亮，今天有人买去十来副搭扣，这可对不上账了。欧伯伯轻轻拉上柜门，将柜台下的日光灯灭了。这样的搭扣以前是作男式上装领口的风纪扣，现在很少用了。上一回有人来买，那名叫"囡囡"的保安还流露出不解的表情，自己怎么教他的？没有用——不可能的呀！欧伯伯掐指算算，又有一天过去了。

欧伯伯终有些颓然了，午后的那一盹可延至向晚时分。放学的小学生呼啸着从他跟前过去，掀起一股风，他依然在盹里，却也无梦，一片空茫。忽睁开眼睛，斜晖里嘈嘈嚷嚷，好似烟雾起来，就以为是梦。可不是吗？人们都在无声地呼喊，不出声的东西却在作响，无休止的，响个不停。欧伯伯左右看看，心中狐疑，从躺椅上起身，迈出一步，在门前马路上走动走动。从窗外看窗里，就好像人有分身术，一个自己看另一个自己。欧伯伯看见柜台上那部红色的电话座机，有一个小孔在闪，极远处有铃声，敲钟一样。就是这么奇怪，凡响的都无声，静着的都有声。意识处在偌大的虚谷中，摸索着将涣散的事物组织起来。欧伯伯不解地看着座机上闪烁的小孔，考虑良久，最后决定制止住这个固执的闪烁，就将话筒一提。铃声陡地停了，即便是遥远得很，这一停还是让人一惊。与此同时，提在手里的听筒传出另一种声音来：喂！梦境和现实在接近，形势变得紧张，欧伯伯有点挣扎。日头完全到了西边，光影合而为一，有一种平均匀和的明亮充满天地间。欧伯伯将听筒贴上耳朵，又是一声"喂"，欧伯伯回了一个长长的"喂"。对方停了一下，说出一个"我"——欧伯伯听出来了，其实他早就听出来了，虽然经过话筒，声音变得如此不像，可是，有什么能逃过欧伯伯的耳朵，或者说，还有洞察力。可是，欧伯伯依然承认，事情超出了他的先见之明。怎么想得到的呢？欧伯伯有些激动地说出一个"你"，那边再重复一个"我"，然后，欧伯伯就说了：不要急！他们从来没有通过电话，有什么必要通电话呢？像他们这样两个人，本不是通过语言来交流和了解的。然而，在特别的时刻，谁和谁都会有隔阂的时刻。其实也谈不上隔阂，只是隔了一面玻璃，彼此看得清清楚楚，只是走不过去，于是就要有一件东西敲碎玻璃——就是"小弟弟小妹妹让开点，敲碎玻璃老价钿"的敲一记，欧伯伯看得很准，年轻人虽然笨，却不是不聪明，他的聪明，就是那个"敲一记"的笨东西，一下子穿过去。他们在电话线的两头，两头都不怎么说话，但听嗡嗡的电流声穿行。欧伯伯又说：不要急！那边回一声：不要紧！就在"不要急"和"不要紧"的互相安慰和鼓励之中，事情渐渐露出水面。原来年轻保安的母亲病了，所以这几天请假，而明天，就要上班了。最后，这边和那边说着"再见""再见"地结束了通话。欧伯伯看着手里的听筒，里面传出挂断后重新响起的拨号音，心里恋恋的。他发现自己站在柜台外面，就像一个顾客，不觉好笑，挂上电话，回进店堂里。

第二天，年轻人应约来到。欧伯伯正交割一桩买卖，便立在一边看。银货两讫，生意结束，欧伯伯向他招招手，两人一前一后进到里间。欧伯伯将手向下按了按，保安凭桌坐下，就看见桌面上放了一叠钱。他吓了一跳，身子不由往后缩，欧伯伯则将钱一径向他推去。保安的背已经靠到墙壁上了，只得贴了墙站起来，欧伯伯拿起钱送到他眼睛前，再也没地方退了，他开口说道：不，不是的！不是什么？欧伯伯懂——不是为钱而来，不是老娘的病要用钱——可无论是什么不都是有短缺吗？而他老了，钱对于他——无所谓！欧伯伯说。保安又说一遍：不是的！欧伯伯又回答：无所谓！老人眼睛里流露出那样殷切的光芒，简直是恳求收下。年轻保安感到无地自容，他又要哭了，眼泪已经漫过眼眶。他一屁股的债还没清，牌友天天给他颜色看，以为借老娘生病躲他们，可是欧伯伯的钱怎么拿得落手！他哭着说：不是的！这"不是"还指不是因为躲债而谎称老娘生病，真是委屈啊！又真是难！欧伯伯的钱已经碰到他的手了，他将手举起来，不让碰，就好像做一个投降的姿势。可是欧伯伯的钱也举起来了，完全是贡献的姿势。最后，到底是没有拿。年轻保安背贴着墙挪出门，跑出店堂，跑上马路。当头的太阳底下，亮得呀，又是流着泪，眼都睁不开。耳边有喇叭响，还有轮胎与地面摩擦的锐叫，他险些撞上汽车。

保安变得沉默了，他原先也是沉默的，但那是轻快的沉默，如今压上了心事。挨到发薪的日子，他全部用于还债，母亲那里的饭钱交不出，就赖着。他的积蓄早空了，现在成了个一无所有的人。一个男人口袋里没有钱，是容易自卑的，不定要买什么，是用来壮胆。如今，胆没有了，手脚就缚住了，能做什么？只有去欧伯伯那里。自那天以后，他们彼此都感到窘，因为受了伤。在保安，是更加沉默，欧伯伯则是相反，比平时格外的话多，他说说这，说说那，说着说着，自己先笑起来，笑着笑着，又陡然收住，停一会，再启动。然后，就说到了两个字，一个是"嫖"，一个是"赌"！这两个字从一片模糊中跳出来，振聋发聩。年轻保安大大吃一惊，抬起低垂的头。欧伯伯伸出两个手指，朝他推过去：万贯家财——也是不可能！收回手指，点点自己，又点点对方：我，你——更加不可能！原来，先前的闲篇都是开道铺路，这才说到正题。停一会儿，保安说出这样几个字：没有办法！欧伯伯就说：不要急！这一声"不要急"有着无限的温柔，保安又要哭了。欧伯伯又说出三个字：苦恼人！这世上除了欧伯伯，还有谁懂，懂他的难处？夜里，他在小区里逡巡，暗憧憧的树影，姿态婀娜的外国神仙雕像，池子里残余的水的反光，还有倏忽间出没的野猫……原本的静谧都退去了，只留下孤单。地下车库里的方寸之地，是一座轰轰烈烈的城池，其中有多少战机，又藏着多少陷阱，瞬息万变，危象重重，然后再显天地。他是又怕它，又想它。保安摇着头，他向欧伯伯学会了摇头，但欧伯伯的摇头是了然于心，他则完全不自知，他只知道苦恼，苦极了！

欧伯伯站起身，又向他招手。保安犹疑地移动脚步，以为再次要给他钱，心中动摇，收还是不收？倘若欧伯伯坚持，那么，他软弱下来……可是欧伯伯并不像上回那样退进里间，而是走到柜台里。保安只得跟过去，那么逼仄的一点地方，真够他挤的。欧伯伯从货架上取下两个小塑料袋，拆开封口，往柜台一倾，倾下两堆纽扣。一堆蛋青色，一堆红粉色，手指尖大小，指甲厚薄，却也刻有细致的边沿，中间四个眼。欧伯伯又拿过两个纸盒，往台面上一顿：数！于是，一人数蛋青，一人数红粉，一、二、三、四，数进纸盒里。纽扣进货是论斤两，卖却是论颗粒，通常只是个约数，可欧伯伯做生意是不含糊的。路人从店面前走过，难免要觉着奇怪，这一老一少两个男人，拈着这些小东西，嘴里念念有词。那老的还好说，那少的称得上英俊——倘要是见过以前的他，就更要惊艳了，这英俊的保安，用他丰润颀长的手指，将那小片片，一片一片拾进纸盒里，实在滑稽得很，却也有趣得很。终于将纽扣数完，保安就该回岗位去了，等下一日再来欧伯伯店里，就听到了那个关于数米的陈年旧事。

比较和女儿讲这故事的时候，欧伯伯言语要流利许多，但年轻保安远不如阿三头机灵，到底是血亲，又有多年受训导的教养，一触即通，此时此刻，就不得不多说几句了。曲折蜿蜒，最终归纳到主题：静！一只手按在保安的心口上，这只手竟然很有力气，保安不防备，几乎后退一步。静！欧伯伯强调道。然后，那两个可怕的字又出来了：嫖，赌——绝对不可能！欧伯伯的眼睛看定年轻保安的脸。保安禁不住缩缩身子，声辩道：没有——欧伯伯说：有！保安再说：没有——欧伯伯再说：有！保安辩不过欧伯伯，垂下头。欧伯伯长长地出一口气，靠回躺椅，又说出两个字。这两个字就带有药方的意思了：结婚。保安说：没有——意思。欧伯伯还是说：有，接下去还有一句：也苦恼。想起老太婆走之后的那些枯坐的昼夜，有几回看电视看进去了，抬头要与老太婆交流一下，忽然间发现人不在，方才的情节就忘了，再接着枯坐下去。欧伯伯进一步解释：没有，无所谓；有，没有，就是苦恼人！保安便又说一句：没有——意思。

这样的谈话虽然是深入的，可究竟过于抽象，于保安的实际远水解不了近渴。他无法克制想念牌桌上的博弈，他甚至后悔当时没有要下欧伯伯的钱，他可是被钱控住了。有几回，他挨在牌桌跟前看牌，就有人说：什么钱都可以借，唯独赌资不可以借！年轻保安只是说话有障碍，耳朵又不聋，知道这话说给他听，丁是悻悻然走开去。无奈欧伯伯从此再不提钱的事，这钱，已经成为他们之间的心结。等到发工资，他又上过几次牌桌，但工资究竟有限，不过三五局就见底。一旦没了钱，立即被驱走。人们现在也不怕他，都是一条船上的人了。凡是嗜好，谈何容易戒断！那是动了欲念，饱是煎熬，饿也是煎熬。上桌的时候，他的眼睛，还有他的手，都是猴急的，微微地战栗。下了桌，在小区巡夜，他迈着疾走的脚步，慢也慢不了。他整个人都变得仓皇而不安，就像药瘾作祟。折磨的日子里，幸好有个欧伯伯的去处，数纽扣已成必修的功课，那些人生的讨论时不时地来一下，零打碎敲的，总是有比无好。最大的辖制还是，没有钱。领到工资头几天，上桌摸几圈牌，很快囊中空空，他们不叫他"囡囡"，另起了诨号："脱底棺材"。受着这般侮辱，可就是硬不起来呢！

　　日子这么不好不坏地拖着，心情总归是郁闷了。

蹲在欧伯伯店门口的太阳地里，地砖被晒得煞白，眼前是光的波纹和线条。不知从什么时候开始，年轻保安戴起一副黑眼镜。他变得惧怕强光，就像一个患青光眼的人，又好像陡地从黑暗中走到光天化日之下。这副黑眼镜不知是新流行还是过时的款式，溜圆的镜片，墨黑的玻璃，戴在敦厚结实的保安脸上，有着戏剧的效果，不再是他自己，而是戏台上的一个人物。欧伯伯现在称他"巡捕"，"巡捕"来了？"巡捕"走了？欧伯伯笑着与他打招呼，也是戏谑的意味。他红了脸，连耳朵根一起红着，唻唻地笑着，就是摘不下来。事实上，这眼镜不只是遮光，还是，遮羞。因为，他不仅在太阳地里戴，荫地里，甚至晚上也戴着。麻将桌上，任凭别人怎么笑话，他就是不摘。一反他温驯的性情，变得执拗。倘若能透过黑色的玻璃片，看见他的眼睛，就能看见里面的怒气。老实人一旦发怒，那是很可怕的。他出牌也变得狠了，和牌的时候，将牌狠狠向前一推，然后将交上来的筹码狠狠一撸，撸在另一只手的掌上，一把握住。这一记几乎是悲愤的，带着复仇的心劲。品行卑劣的人也都是欺软怕硬的人，保安身上新生长出来的戾气，真有些将他们吓退呢！欺他的动作不由收敛一些，于是，口袋里有限的余钱就容他在牌桌上滞留得略久一些。可是，打牌的乐趣却在离他远去,可是,还是可是,就像惯性一样,停不下来。

戴着墨镜,在小区里巡夜,奇怪的是,并不妨碍视线。他的视力好得很,而且,就像一种夜鸟似的,越是黑暗越看得清楚。墨镜呢,又像是有过滤的作用,将那些次要的庞杂的零碎滤去了,留下的是精髓。远近处的高楼,层峦叠嶂,排排灯光,向天际线铺陈过去。卵石上的小虫子,迅速地爬行,消失在树丛里,那里有它们的洞穴。隔了黑色的圆形的玻璃镜片,夜晚又恢复静谧。水池子里新蓄了水,因为售楼又进入高峰期,中介日日带人来看房,于是,喷泉日日开闸。走在水泥步墩上,他又成了水上行。但这水不是那水,这水,以及灯光,楼影,树丛,铁栅栏间隙中流丽而去的车身,都蒙着一层膜。也有戏剧的效果,不是它们自己,而是舞台上的一幕布景。这黑墨镜,保护他的同时,也离间了他和周遭环境,使他孤独起来。

年轻保安对麻将的心思渐渐淡了,应该说是好事,可又不尽然,因为他对其他事物的心思也在淡下去。小区里的保安轮替很快,有些老的不做了;又有些年轻力壮的外地人找到更赚钱的工作,跳槽了;还有些被裁员,因为物业成本增高,业主却不愿意增长物业费,不得不减少开支。他却没动,在新人里称得上老人马了。在外人看起来，他依然标致挺拔，大大超过一个保安所需要的仪表。只有对比过才知道，他可是今非昔比了。轮廓都还在，但没有了原先的快活劲儿，人就不神气了。他显出老态。三十七八岁的年纪，正是骑线，挺一挺还是年轻人，疲沓下来便向暮年走去了。拿一把小竹椅，坐在欧伯伯的躺椅旁，他也盹住了。梦里头白花花的一片，什么也没有，就是睁不开眼，一个空洞的白日梦。一老一少，坐在小店的一块门厅里，头一点一点的，陡地正起身子，再又一点一点垂下去。多么恹气啊！时间变成一条无边无岸的河，没有来路，没有去路，人在其中就不是漂，而是浮。

恹气，是会传染的。虽然欧伯伯不大看得起保安，以为年纪轻，阅历浅，将自己当作他的引路人，却没有意识到，正是年轻少阅历，生机才是清新勃发，有一股子蛮力，拉着人一起向上，或是反过来，拽着向下。现在，欧伯伯几乎又抑郁了，觉得万事无趣，百无聊赖。这倾向是危险的，起初可能只是心情，如不加以控制，就可能变成疾病，就是抑郁症。因为食欲不振，欧伯伯就懒得做饭。住三楼或者住亭子间的儿子要送些吃的，就吃一顿，有时则让保安替他买一只烘山芋混一顿。山芋吃下去难免泛胃酸，到夜半还平息不了，过了觉头再也睡不着，几乎睁眼到天亮。有了一回，就有二回，接着失眠的毛病也来了，睡不着比吃不下还要伤身和伤心。欧伯伯的眼睛变得混沌，看什么都模模糊糊，而且见光流泪。年轻保安借给他墨镜戴，欧伯伯枣核脸上就架了两个大圆黑玻璃，坐直着身子，就像栖在枝上的猫头鹰。年轻保安忍不住笑了，欧伯伯也笑，因好久以来没有笑过，这一笑反而令人伤感，从墨镜后面流下眼泪，年轻保安眼里也蓄满泪。许多不如意不顺遂涌到眼前，还有类似相濡以沫的暖意生出来，也就是这个要命，让人难过。这么流一通眼泪，到底轻松一些，但下一日，就好像有约定，到了时间，灰心的感觉又来了。

有两件事，欧伯伯坚持着，也正是这两个坚持，让生活基本维系正常，没有变形，那就是清点纽扣和账目。新进的纽扣继续一粒一粒数进盒子，流水账一丝不苟地记着。晚上，欧伯伯坐在里间的灯下，做着这两件事，心情平静下来。老太婆的照片在墙上看着他，便在心里骂一声：短命鬼！电视机开着，喧喧嚷嚷，多少填进一点热闹，但那空虚无边无际的大，填进一点不过是沧海一粟，转眼看不见了。不晓得什么时候，欧伯伯在电视机的闹嚷中困盹了，于是起身关了电视，上床正式睡觉，方才一片糊涂的头脑此时无比清醒，精神百倍，又是一个无眠夜。

日子恹恹地往下过着，一切都在期然之中，终于发生了一点不期然。这一天，来了一个北方女人，向欧伯伯租铺面。据她说，曾经在七浦路上遇见阿四头，聊起来，就知道他是替老爸进货，老爸开一爿纽扣店，还给她一张名片，她从口袋里摸出来给欧伯伯看。纽扣店确实印了名片，名片盒就放在电话机旁边，还是满满的一盒，谁会取一张纽扣店的名片呢？又不是名品名牌旗舰店，可是现在有一位，拿着名片上门洽谈。欧伯伯心里骂着阿四会来事，态度却郑重起来，倚靠的姿势换成正坐，脸上带着矜持的微笑。他左右环顾，伸出手，就地划一个圈，说道：不可能的呀！保安紧接一句：就是讲呀！唱和之中，有一股活跃暗中勃动起来。欧伯伯的意思再清楚不过：方寸之地，何处有租？北方女人立刻摆手道：老伯伯的生意照常做，我只租这一边！她将身子探进门里，越过坐在竹椅上的保安头顶，指向门后。保安不得不站起身，退后一步，于是女人顺势跨过门槛，这一下，连欧伯伯都站了起来。这地方小得不能再小，拥簇了三个人，转个身都难。女人请二位让一让，说其实只要一面墙，她卖的是服装，样品挂在墙上，货装在纸箱，靠墙根底下——一点不妨碍的！她说。那两个看着她，好像她才是这里的主人。女人两只手相互拍拍，掸去方才摆动门后杂物沾上的灰，然后说：签合同吧！

　　欧伯伯与保安愕然之下，相视一眼。倏忽间，一件大事降临了，签合同！他们都没什么准备呢。相比较，女人就显得格外沉着，她从门后退出，径直向柜台方向走去，欧伯伯不由跟她走去，保安跟在最后面。三个人鱼贯走入柜台前，女人仰脸看着侧面墙上的营业执照，说：太可惜了！欧伯伯又回头与保安相视一眼，两人更陷于懵懂。女人继续说：经营范围明明写着服装百货，可是这里只有纽扣！她的手指头点着玻璃台面底下的纽扣，很不屑的样子。欧伯伯心里顿时不舒服，要反驳，可女人的话又来了。她说话就像连珠炮，又像机关枪，谁挡得住？她说：现在好了，品种丰富了！她的口气，就好像是来拯救阿娘纽扣店，挽回资源闲置的损失。但是，有理不在声高，欧伯伯不是几句话能制服的，他竖起手掌，意思是且慢，然后说道：不需要！虽然话少，却掷地有声。女人一怔，脱口而出：为什么？这一句诘问就有点嫩了，失了对策似的。欧伯伯笑了，重复一遍：不需要！女人只得缓和口气，说：多种经营有什么不好呢？互利共赢又有什么不好呢？人家来买服装，说不定就看了纽扣，搭上服装的顺风车，纽扣也跑得快——说着说着，又呈滔滔之势，欧伯伯又笑了，这一回说出四个字：本末倒置！犹如四发重磅炮弹。保安张着嘴，说不出话来，这才是高手过招！他知道欧伯伯的厉害，但想不到是这般的，一针见血。

形势扭转过来，欧伯伯伸手做一个送客的姿势：请！女人拉住欧伯伯的手臂，表情是恳求的，还有一点可怜：等一等，老伯伯！欧伯伯还是做着"请"的姿势，无奈女人拉住他的手臂，一声声哀告：老伯伯，等一等！于是，侧目而对，等她再有什么可说的。女人说：一点点小本买卖，搭了老伯伯的大船，顺风顺水，任凭怎样的金融风暴，都不怕了！听到"金融风暴"都出来了，那两人都扑哧笑出来。这一笑，女人看见了希望，再不肯放过，一叠声地请求，改口叫欧伯伯"大爷"，又唤保安"大哥"——"大哥说句话，一言九鼎"，"大爷给大哥一个面子"，这样两头说着，其实又有些"本末倒置"，但这新鲜的称呼让两位都很开心，想绷也绷不住，笑得稀里哗啦。女人越发来劲，将欧伯伯一推一摇，欧伯伯站不住了，就拉住保安，保安扶着欧伯伯，三个人连成一串，这情景多少有些不尊重，可他们郁闷了那么久，稍稍放纵一下也无妨。终于，欧伯伯撑持住身子，收起笑脸，严肃地咳嗽一声。女人松了手，保安也被推开了，都看着欧伯伯，不知下一步如何发展。

欧伯伯分明感受到这等待的气氛,又咳一声,气氛就又紧一下。停一会儿,他从柜台下面取出一架电子计算器,端正放在面前,抬起头,眼睛看着女人,谈判开始。女人先松一口气,有门了,很快又提起来。欧伯伯的眼睛啊!在两个小圆镜片后面,镜片分成上下两部,上半部分,眼睛是在深邃处,下半部分,则越来越逼近过来,里面有着多少智慧。欧伯伯并不说话,再一次左右环顾,伸出手划一个圈。这个圈划得范围比较大,囊括了整个店面,收回手,在计算器上揿出一个数字,点了点,再揿下除号,接着是一个等号。欧伯伯的意思很清楚,店面的租金——这并不是凭空想出来的,居住改商用,是需要另核租金的,店面的租金除以二,一人承担一半。女人已经镇定下来,微微笑着,是一副应战的姿态。她将得数取消,重新按一遍除数和被除数,但这一回被除数不是"二",而是"四",她承担四分之一。欧伯伯将得数销掉,揿回原先的"除二",女人则揿回"除四"。来回数遍,欧伯伯终将数字归零,撤回计算器,表示谈判流产。女人赶紧抢住了,重新揿出一个被除数,这一回的被除数令欧伯伯犹疑了,是"三点八",于是,小数点出来了,而且是一串。欧伯伯思索一时,也重新起头,揿了一个被除数:"二点二",又是小数点一串。数字变得越来越精确细微,将保安看得咋舌。这一场博弈相持很久,在女人,是有足够的耐心,欧伯伯呢,不免有几分恋战心。拉锯之下,两边逐步向中间接近,终于靠拢,那就是"除三"。欧伯伯承担三分之二,女人三分之一。

四

女人声称来自东北,名叫六叶,年龄在二十七岁。透过厚厚的脂粉,可见出一张窄瘦的脸,单睑的眼睛,梢很长,像要斜到太阳穴上了,就有一种狐相。身材也是瘦长,但明显是长出在腰。她的衣着往往上下不衔接,上衣短,边缘垂着流苏、珠串、金银片,裤腰或裙腰则很低,多是蕾丝装饰,在丝丝缕缕、叮叮当当的绰约中,那一段长腰显得很神秘。她不够顺眼,却也不难看,而是让人不习惯,质疑了以和谐为标准的传统美学观念。即便是欧伯伯这样洞察人世,也有些拿不定。有一回,他对年轻保安说,六叶——他屈指做出"六"的手势——六叶是乡下人;又有一回,他伸手做出"六"——是狐媚!年轻保安这就听不懂了。看着保安纳闷的眼睛，欧伯伯一个字一个字地说道：你，当心！保安明白了，不禁红了脸，缩回脖子，看向别的地方。但到了再下回，欧伯伯又说六叶，他向保安推出"六"的手势——乡下人。年轻保安对六叶的评价就要简单得多，他认为六叶——他也跟欧伯伯学，用手做出"六"的意思——有时候，"难看"；有时候，"好看"。听起来，是在好看与难看之间徘徊，其实反映了对复杂情形的直觉，所以，年轻保安实在不是不聪明，只是笨。但等有一日，听到六叶对自己的说法，这两位就都大吃一惊。

六叶说，她是满族。满族，知道吗？她眼睛看着手机，飞快地发着短信，嘴上也是飞快。满族，就是皇帝家族，溥仪总归知道吧！我的祖母的祖母，就是溥仪的母亲，慈禧的堂姐，都是姓叶赫那拉。正因为这样，她的名字里就有了一个"叶"。她的老家，赫图阿拉城——听见过吗？她问两位。连欧伯伯都不敢说知道了，只能模棱两可地一笑。那是努尔哈赤起家的地方！努尔哈赤知道吗？就是我们老叶家的祖宗！短信发完，她将手机"啪"地一合，抬起头，看着两位。现在，她坐在当门的位置上，欧伯伯的躺椅不得不收起来，换一张靠背椅，坐到柜台后边。保安的位置也没有了，就站到马路上，凭着柜台，和欧伯伯一里一外面对面。不知道的人不知道,知道的人都知道,六叶说。她说话里的逻辑常常是悖反的,悖反之中呢,似乎又存在某种更真实的本质——有一回,在泰国——这也是她说话的一个特点,就是空间和时间的跨度,而无论怎样的跨度,最后又都能归回此时此地——在泰国推拿,推拿师会说中文,他用中文说:小姐,你是皇族!我说:从哪里知道?推拿师说:脊椎!我又说:如果我不是呢?推拿师说:那只是你自己不知道,而我知道!两位听众的目光投向六叶的背脊,从后颈直到后腰,真是长啊!

六叶所卖服装,和她身上的风格一致,装饰繁多:钉啊,锁啊,打孔,拉毛……又都是独一件,基本不重样。据她说,这就是服装的价值所在,个性。现在,人类早已经度过温饱阶段,穿衣穿鞋,不只为蔽体和御寒,而是彰显性格。这些人工面料才值多少钱?去过东莞没有?她问,不等回答继续往下说:遍地制衣厂,成千上万车衣机,日日夜夜,停人不停机,密集型劳动力啊!面料算什么?棉花多得是,尼罗河两岸,全种的棉花,还有合成纤维,只要看看马甲袋好了,满天飞!那么你们说,一件衣服的价值主要在哪里?她手提一件牛仔上装,衣襟至多齐胸。两人相互对视,再一并看她,她说了:知识产权!世界陡地打开大门,知识产权也进来了！

除去销售知识产权含量高的时装，六叶还经营大路货。那都是成打成打摞起在两张方凳上，方凳则放在门外墙下，不外是T恤衫，沙滩裤，围巾，睡袍，旅游帽，六叶称之为"量贩"。就是说以量大为模式，快进快出，薄利多销。这时候，就不讲"个性"了，回过头去讲温饱。她一口北方话清脆嘹亮，又有多少时新的思想和概念，那两位只有听的份，没有说的份。可这只是表面，事实上呢？欧伯伯对了年轻保安，将手掌朝天，复又向地，来回几遭，意思是为"翻手为云覆手为雨"。保安读出来个大概，也是提要，就是翻来翻去。两人会心一笑，真是无声胜有声。六叶听不懂这些，兀自说下去：量贩是普遍性，时尚是个性；先要有普遍性，才能产生出个性；有了个性，就能推动普遍性进步；普遍性不进步，人类就不能走向文明，依然停留在草叶兽皮——六叶显然掌握有一种朴素的辩证法，可将悖反的逻辑中和起来，这就超出欧伯伯对她的认识了，也因此，很微妙地刺激了欧伯伯的好胜心。别看他稳坐钓鱼台的样子，声色不动，脑子里可是在急速地运作，当听到"草叶兽皮"这一节，他忽然发出声音来：不可能的呀！这倒把六叶惊了一跳，她收住话头，转向欧伯伯。欧伯伯一条腿架在另一条腿上，前后晃悠，说出四个字：商品时代！这四个字大有深意。从字面上看，是一个温和的警告，切莫以为他欧伯伯是落后的人；进一步则可理解成提醒，谈的是生意，怎么扯到原始社会；于是就有了第三层意思：原始社会有商品经济吗？结论是，不要偷换概念！

这一回轮到六叶跟不上了。像她这样快速反应的人，思维往往是在语言的表象，对于言下之意，就有障碍了。一时上，她不能懂得欧伯伯的思想，只感觉到有一股强劲的抵抗，来自那几个字。正不知道该如何应答，欧伯伯却抬手向她送了送：请说！这就有了挑战的意味。六叶多少是负气了，回道：你说！这也有挑战的意味，她分明知道欧伯伯说话有障碍，当然，这只是从普遍性的意义来看。

现在，纽扣店一改往日的清静，变得杂乱，而且喧闹，但也因此令人瞩目。门面是这样不说了，六叶这个人呢，虽然是在店面里，风格却是做地摊的。有邻居告诉欧伯伯，六叶原先就是在几条街后面的马路上摆地摊。每到天黑，那里便出现一排地摊，盗版书，盗版牒，狗笼猫笼，景德镇瓷器——当然是假冒，甚至还有古董，有的是当地铺开，有的推一辆黄鱼车，像六叶这样卖服装的，就支一个衣服架子。白昼里安宁清洁的马路，此刻甚嚣尘上。六叶就将地摊的风气，带到欧伯伯这里来了。这风气怎么说呢？简而言之，就是嘴不闲，手不闲。她当门坐着，一旦有人路过，立即弹起来，跨出店门，热情发出邀请。方才说过，这里不是商业区，人们大多是路经，步履匆忙，急着赶去自己的目的地。然而，从概率说，总也会有一两个性格不那么决断，软弱的人，犹豫地慢下节奏，六叶几乎就要伸手去拉了。她来不及地抓一叠塑料袋，捧到那个人跟前，叫着"大哥"或者"大姐"，看看呀，看看有什么呢？那人的脚步更迟缓了，目光在她手上流连，她说着"来来来"，迅速将衣物从塑料袋里抖落出来，一下子，红蓝绿紫，简直眼花缭乱。然后是一件一件提起来，抻开在人身上比着：看看，看看呀！假如那人再动摇些，竟然开始触摸和检查，并且提出问题：洗过之后会走样吗？这时候，六叶的回答就令人一吃惊，她说：洗什么呀，一二十块钱的东西，就穿一个新头，扔了！这豪阔的手笔似乎又与"量贩"的原则不符，但六叶自有她的一套理论：你看大街上的风景，星星还是那个星星，月亮还是那个月亮，人却不再是那个人，在有限的一生中活出无限的精彩！这就是时尚的精神，贵有贵的时尚，贱有贱的时尚，时尚面前人人平等！经一番说辞，还真有成交的可能。

再从概率计，总会有人踏下两级台阶，走入店堂，进到六叶生意的上层，时装部。这时候，出于本能，六叶会将开着的门掩一掩，多少有一点瓮中捉鳖的意思。如此，她的态度就要从容得多。循着客人的目光，从壁上的陈列徐徐滑过，她忽然变得温柔，说话的语调轻缓下来。屋内的光线稍暗，不由生出一种私密的气息。她说：看啊！这一款上衣的版式和颜色，仔细地看啊，这里和那里，有什么元素？一线品牌的元素！她嘴里吐出一串品牌名：芭芭莱，维维安，詹妮弗，阿玛尼……那些外国字急骤从舌头上弹出来，密集又流利，快得不能再快，陡一下收住，重新回到轻柔舒缓：有一句实话我对你说，现在反正也没有外人，其实我这里的衣服，就是品牌，货真价实！意大利，法国，美国，日本，韩国的订单不是下到我们的制衣厂吗？一般都会多做，做了自己销，看啊，商标都剪断了，就为了稽查大队来检查，涉及侵犯知识产权的风险，否则，怎么会是这个价格！她的细长吊梢眼在室内微暗的光线里闪烁，显得幽深而诡秘。我再和你说句实话，时装，尤其是品牌，都是暴利！季末大减价，都能打折打到一折甩卖，就一折，还有利润空间！这时候，欧伯伯向年轻保安竖起三根手指。保安在那语言的汪洋中失了方向，转过头来，眼光都是茫然的。等欧伯伯将三根手指重重再出示一遍，方才明白那意思：三寸不烂之舌！可他并不像以往那样附和道"就是讲呀"，而是说出三个字：不容易！跟欧伯伯相处久了，就也学到欧氏句式，否定式的肯定。欧伯伯看出保安对六叶的折服，虽然不以为然，但他是什么肚量和风度？所以就只是微笑和摇头。

面上是这样，内里呢，总归是有点郁闷。欧伯伯在宏观上看得开，但在微观，难免受到一己私心的限制，影响了眼光。这一天，欧伯伯招手让六叶过去，表情分外慈祥。六叶以为有什么好事情，拔脚跑过去，只见柜台上端正放着那台计算器，旁边是一张报税单。像欧伯伯的小店，是很难计算营业额的，所以就只是酌情定个税额，每月上缴，每年再一总申报。六叶搭在里面做生意，虽是不出经营范围，却增添了交易量，税务部门一旦注意到了，就会重定额度。可是，不是还没注意到吗？并没有人上门说话，人们通常对这一类小店眼开眼闭。自家房子，又不占道，尤其欧伯伯，几十年的老住户，街道里委都知根知底，又搭上老和病，人情上更给予宽容。可是——又是可是——欧伯伯对六叶说出两个字：自觉！

欧伯伯用手按在胸口，拍两拍，意思很清楚，就是"凭良心"。六叶很同意，点了头。然后，计算器上揿上税款的总额。这一回，欧伯伯揿了一个乘号，真是令人目眩啊！六叶都难住了，不知以下会发生什么。乘号后面，欧伯伯按上"零点六七"的数字。六叶顿时明白过来，欧伯伯是要她承担百分之六十七，相当于三分之二的税款。她动手销掉得数，揿上乘数和乘号，后面则是"零点三四"。按照她承租店面三分之一的比例，她应该只负担税金的三分之一，但是，她愿意吃亏，承担三分之一强。由此看来，在计算上，六叶与欧伯伯程度相当。欧伯伯笑得更慈祥了，他不急着销去计算器上的得数，而是摆出论理的姿态。他说：你的蛋糕大——从"蛋糕"两个字可以见出欧伯伯并不闭塞，称得上是开放，他人在店中坐，遍知天下事。蛋糕的概念，可是MBA课程所涉及的。六叶先一怔，很快回过神来，既然运用蛋糕的理论，就要运用得彻底。她说：大爷和六叶，是同一个蛋糕，问题是怎么切！大爷是三分之二，六叶是三分之一。为使蛋糕的理论更为形象，六叶在纸上画了一个圈，分成三份，强调三分之二与三分之一的比例。欧伯伯却认为三分之二是六叶，他用手点着三分之二那一块，看着六叶的眼睛。六叶不明白了，天下还有讲理的地方吗？欧伯伯这时就又说出两个字：含量！六叶几乎要跳将起来，连保安都惊呆了，欧伯伯从哪里得来这许多知识啊！看他不声不响，半睡半醒的，实际上没有停止过一分钟的学习和思考。为什么？六叶叫道。不要急！欧伯伯说，不要急！可是究竟为什么？六叶决不放过，欧伯伯再说出四个字：知识产权！保安倾倒了，六叶再说不出话来。

经反复磋商，几轮拉锯，最后达成的协议为，目前以各百分之五十分担，倘若重新计税，欧伯伯所缴不变，增加部分全由六叶负责。欧伯伯将协议内容书写下来，双方签字，年轻保安则以中人身份，也签上自己的名字。自此，欧伯伯和六叶之间，已经有了两份协议文件。办完大事，三人都舒出一口气。欧伯伯和六叶坐回各自的位置，保安也该回马路对面的岗位去了。宽阔的路面已经斜下疏阔的树影，日头依然亮得晃眼，保安想起他的墨镜，不知什么时候忘在了哪里，他好久没有戴它，不戴也没有关系。除去那一层墨色玻璃，世界复又回进朗朗乾坤。

季候进入仲夏，店里开了空调，柜台上的拉窗闭起，"量贩"的货物收进来，关上门，门把挂一块牌子，面向外，写着"营业中"，六叶在底下添上英文字："OPEN"。欧伯伯说"不必要"；六叶就说"有必要"。六叶每生出一个主意，必遭到欧伯伯的反对，然后由保安调停。他说：算了，算了！带着乞求的眼神，似乎是因为可怜他，两下里放弃争执，达成谅解。

075

七八月的高温，这一条街，少有人迹，只有车"嗖嗖"地过去，带起雪亮的弧光。难得有不得已在光天化日下走路的，也没有心思光顾这些小店。隔着玻璃门窗，看着外面炽白的路面，立刻要烧起来似的，就很庆幸自己的清凉小世界，躲过一劫的心情。这样同舟共济的气氛使他们彼此亲好起来，欧伯伯会将冰箱里的绿豆百合汤取出来，与大家共享；保安则冒着毒日头去街那头的便利店买来冷饮招待；六叶呢，她手头紧，用她的话说，正处在资本原始积累阶段，必须最大限度压缩消费，不像你们——她对着二位说，已经进入中产阶级。他们面面相觑，想不到自己会是中产阶级！谁说她手头紧？说话就是她的财富，而且一点不吝惜。我的第一桶金从哪里来，你们知道吗？——显然，六叶有意识以说话作回报，也是取其所长，补其之短，谁让他们都那么沉默呢？"沉默"，这就是六叶对他们的认识。

我的第一桶金，来自于金沙菇，知道吗？金沙菇——六叶的细长眼睛在两位脸上来回梭行。欧伯伯笑一声，不屑于回答；保安的表情就要谦虚多了，满是求教的诚心。顾名思义，金沙菇就是一种菌菇，因生长在金沙里，所以叫金沙菇，什么是金沙呢？就是含有黄金的沙地！六叶说道。那沙地可不好找，迄今为止，全世界所发现的金沙地拼在一起也没有多少，南非有几块——帝国主义列强为什么殖民南非？就是奔金沙去的！日本为什么强占我们东三省，也是奔金沙去的！历朝历代，都有不顾艰难险阻去寻找金沙地的，这可是条不归路，大烟泡埋了顶的，熊瞎子吃了的，强盗匪徒绑了的，冻饿而死就不计其数！没等找到金沙地就丢了命，找到的呢，命也难保，所以就算有，也不知在哪里！那两位渐渐屏住气，店堂里除去空调运转的嗡嗡声，就是六叶的语音，简直珠润玉滑，流丽穿行。我们家一个表叔，也是皇族里的，他的祖上，大清朝得到一块封地，了无人烟的地方，又是天寒地冻，一直撂荒着；到民国时候方才进到里头开荒屯寨，料不到其中就有一片金沙，乌苏里江边上，几代人都守着秘密；几十年过去，到了一九四九年，天下太平，方才露出口风，上缴给国家；又是几十年过去，沙里的金子淘得差不多，却长出菇来，这种菇，产量极低，生长极缓慢，营养价值极高；凡得到消息的人，都奔了去采，一个夏天采下来，眼尖手快的，不过个麻袋底，东北的夏季短，赶紧带出去，就有关外的商贩来收，得了钱买酒买肉，足够猫一冬的吃喝，人们就这样将生产全用于了消费——

　　正说到此，门开了，这样的酷暑里，居然会有生意上门！进来的人面色赤红，被室内凛冽的凉爽激一下，大大吐出一口气，方才缓过神来。看起来是被热浪逼进来的，可一旦进来，六叶如何放得过他或她！她立即中断讲述，随手将冷饮一放，勿管它融化不融化，站起身迎上前去。六叶把声音放得极轻柔，含着一股小心，生怕将好梦惊醒。她说：看看呀！不买没关系，看看养眼啊！要是喜欢就试试，里边有试衣间！她指着通向欧伯伯房间的那扇门，邀请道。来人本来要退出的，也不好意思举步了，继续流连着。看看呀！她说，这些是欧版的，那些是韩版，都是最新潮流，同时呢，又到了季末，秋装马上要上市，时尚的脚步远远超前于自然的脚步，真正的时尚是很短促的，转瞬即逝，所以，要抓住时机啊！

等到客人送走，坐回到凳子，冷饮在柜台上化成一滩水，绿豆汤也变得温热。那两位等着她接上话题，继续下去，可她迟迟不作声，仿佛思绪还沉浸在方才的交易之中，兀自总结着得失。终于，保安忍不住发声了：没有了？六叶被惊了一跳，狐疑地望着面前的人。欧伯伯说话了：不可能的呀！六叶恍惚一下，大致回想起先前的主题，但金沙菇这件东西已经被遗漏了，她说起了白菜。老兔子各给小兔子们一担白菜，小灰兔把白菜吃了，小白兔呢，留下了菜籽，来年春天种在地里，收获了一季白菜，再留下菜籽，再种下——如此，白菜越来越多，这就是资本的原理！六叶总结道。对于这样的收场，两位谈不上满意，但也挑不出毛病。消沉地停一会儿，欧伯伯抬手向里间屋的房门指了指，问道：试衣间？然后说：不晓得。六叶笑了：灵机一动，别当真！欧伯伯摇头道：不作兴！保安就打圆场：算了，算了！但当真有要试衣的人，伸手去推欧伯伯的房门，这倒不是六叶的指示，而是那人自己的发现。欧伯伯的眼睛和六叶的相逢了，就在这千钧一发的时候，六叶说道：里面有人！反应之及时，态度之坦然，那两位不由又要惊一跳。结果是，六叶抖开一条布单，张开来，她牵一头，保安牵另一头，拦住一个角落，让里边的人宽衣解带。这一幕不成体统，可也是因地制宜，欧伯伯有什么话说？只有摇头。

连续的高温天之后，大雨来了。只见拳头大的雨点砸在街面上，满地开花。将空调关了，打开门，一股子湿润的清凉扑面而来，这才明白已经郁结多么久了。垂直的雨帘从门前窗前挂下来，溅起的水珠子就像霰弹，四射开去。三个人，包括欧伯伯都挤到门口，任凭濡湿了身子和衣服，看雨中的人抱头奔跑，幸灾乐祸地笑。汽车穿刺过雨幕，带起成片的水浪，道路上已经积水。转眼间,成了个白茫茫的水世界。天地间被雨声充满,由于密集就变得无声,积水在窨井口无声地打旋,打旋,忽然"咕咚"一响,咽进去,又抽噎几声。路灯提前亮起来,灯光被水雾洇染开,一团一团的,就有了夜色。有一阵子,天光又明亮起来,就像晨曦降临,其实是雨和云后面的夕照。雨丝被映照成淡金色,从地上溅起的是金珠子,路灯反倒不显亮了。还是无声,汽车悄然穿行,人张开嘴悄然地叫喊,一个个都是落汤鸡,羽毛贴在身上。这一阵明亮过去,就迅速地黑下来,路灯倏地跳出来,车灯划开,水在窨井周围打着旋,不肯下去,于是,那"咕咚"一声也没有了,也被囊入万籁俱寂之中。雨,变成一层一层的,一层覆一层。汽车的速度减缓了,渐渐连起车阵,一律打开大光灯,照在水面,明晃晃的。这才发现车都变成了船,水淹没车轮,齐到车身。人行道上也漫过来薄薄一层,停在门槛外面。这一排汽车间改造的房屋,早就有了防汛措施,就是加高门槛,而且是防波堤标准水泥砌成。多日来的溽热驱散了,换了人间。雨在突然间收住,天地大光明,落到地平线上的日头焕发出最后的光芒,贴地照射过来,建筑的玻璃幕墙雪亮,映着几条街的人和车,就像海市蜃楼。天上的云染得通红,又变作黄与紫。保安冲出门,在水洼上跳跃着,躲避车辆,转眼到了对面,还回过身向他们挥挥手,他们也向他挥手致意。要是在平常日子,这情形就造作了,可是此情此景,风啊,雨啊,日头啊,不都是滥情吗?

这一夜,所有的人都睡了个好觉,一宿无梦。多少日子,不是在空调机的轰鸣和污浊气体中,就是汗湿的席褥上辗转反侧,睡一时,醒一时。不是空调病就是出痱子,蚊子也来凑热闹。哪个不缺觉,不是挂着黑眼圈,哈欠连哈欠。哪里来的这般滑爽沉醉的觉头?酣睡中,有谁听得见又一轮骤然而起的雷电,灌浆般的大雨,就算听见了,谁又肯睁开眼睛瞧一下?不都是睡了还想睡!早晨醒来,就好像又做了一世人生。欧伯伯静静躺着,隐约觉着有些不对,停一下,坐起来,再定定神,就看见床沿下,漂着一双鞋。积水到底还是漫过防波堤,同时呢,天井里阴沟下的水涌上来,从后门进来,两股水汇成流,淹了店堂和房间。

欧伯伯在此住了半个世纪,淹水的事情时常发生。随着门前马路拓宽,不免增高路基,淹得也就更剧;后来改建排水系统,添加泵站,又淹得轻些,甚而可至不淹;接着是又一轮建设改变地貌……在历史的起伏渐进中,这一带人家都具备防汛意识,电器家什架高搁放,有备无患,心态上也能够从容以待。所以，欧伯伯前后看看，就又心定，依惯例洗漱吃饭，开门营业，至于水，要退自然会退，不退谁也拿它没办法。六叶就不同了，她没受过水的历练，一无防范。她的货物，无论"量贩"，还是时装，也无论装纸箱或打包，全沿墙堆放，先是漂起来，等吸饱水，再沉下去。六叶进门看见这情形，就坐倒在水泥门槛上。此时，水已经到了门槛下面，她略一愣神，眼泪就下来了。为骑车方便，她的裙子，原来是撩起来扎在腰上，露出黑色的中裤，现在，裙摆松下来，全浸在水里，她也顾不上，只是哭。欧伯伯挽着裤腿，赤脚趿一双海绵拖鞋，站在跟前，眼睛里好像要落下泪来。他看见的不是六叶，而是他的老太婆，六〇年困难时期，全家人一个月的肉票，全叫贼摸去了，回到家，也是这样坐在门槛上哭。不要急！欧伯伯说。当年他可没这么说，而是一劲地骂，骂的话很难听：你好去死了呀！现在他的脾气可是好多了。不要急！欧伯伯说。六叶还是哭，哭着哭着就骂起来。先骂天，逞性子撒野，完全不顾惜生灵；再骂地，小肚鸡肠，尿一点的黄汤都容不下；这就骂到市政排水工程，一会儿破土，一会儿排管道，管什么用？谈何国际大都市，东方巴黎，还有全球化，骗纳税人的钱罢了！前面骂天地和市政，欧伯伯还不觉得有什么，但提到"纳税人的钱"，立刻想起关于税额分成的谈判，便冷静下来，眼泪也回去了。退几步，在椅上坐下，由六叶哭去。

在六叶的哭泣中，水退下去，清洁工挥着竹扫帚，唰唰从路面扫过去，将人行道上的水扫下街沿，进了窨井。门槛内的水则要消得慢一步，六叶却按捺不住了，从门槛跳将起来，弯腰拾起个塑料碗，不知遗留在哪个角落里，夜里优哉游哉出来的。六叶一边哭一边舀水，起落之间，腰显得更长，而且柔韧，百折不挠的样子。欧伯伯收着双膝，盘坐在椅上，神情泰然。他晓得室内的水是要从后天井的阴沟排出去，慢是慢，但终于会全部下去。他对六叶说：不必要！六叶没好气道：你不必要我必要！欧伯伯就摇头。你那些纽扣算什么？六叶说，浙江义乌小商品市场成桶成桶盛来，我的货从哪里来？巴黎，罗马，伦敦，东京，价值一样吗？千里万里一件一件挑得来，好比大海捞针！说着又伤心起来。欧伯伯就说出四个字：船到桥头——停了停，接下去是——不可能的呀！六叶奋力舀水，碗已经刮在地皮，发出一声声刺耳的响：我是唯物主义者，我相信人力，相信人定胜天！欧伯伯摇头。六叶说：你也不要太得意，仗着不动产，终有一天坐吃山空！欧伯伯指指天，说：天数！六叶横过一眼，说道：看你都活成精了，猴精！说到"猴精"两个字，六叶

"嘿"一声笑出来，欧伯伯便说：一歇哭，一歇笑！

中午时，太阳高照，街面全白了，门内的地，也干了。六叶向欧伯伯借来桶和盆，将湿衣服浸泡在肥皂水里，纸板箱拆开，摊平在门前马路上。不一会儿，就有收废品的黄鱼车摇铃骑过，将半干的纸板箱收了去，也算是挽回一点损失。怎么办呢？金钱不会从天降！六叶说，将几张皱巴巴的纸币掖进腰包，将裙摆重新撩起扎好，开始搓洗衣服。不一时，保安过来了，相帮把污水拎到街沿，从窨井盖上倒去，再穿过欧伯伯的房间，到后天井拎来清水。他穿一身保安的制服，裤缝笔直，皮鞋锃亮。为了避免弄脏身上，伸长着手臂，将水桶提得远远的，另一只手臂便也张开着保持平衡，看起来，就像一只大鸟，勤劳的大鸟。拎水的间隙里，找来绳子，系在行道树之间，晾上淘洗干净的衣服。后一批晾上，前一批已经半干，于是收下来，拿进店堂熨烫。太阳又烘热起来，将暴雨带来的凉爽全收尽，甚至更加溽热，因为有潮气。关上店门，打开空调，冷风中夹缠着熨斗的热气，店堂里就壅塞着纤维遇热散发出来的气味，有一些些布臭，又有一些些肥皂的凛冽。那两个看着六叶的熨斗在熨板上推移，吱吱地响，丝丝缕缕白烟缭绕。看了一会儿，欧伯伯说出两个字：电费！这一回，六叶没有急辩，而是不慌不忙答道：不要急，大爷，不要急，等六叶我东山再起，送您老一座发电厂！欧伯伯便拍着心口，骇然的样子。别怕，大爷！六叶继续说，别怕，这点挫折算得上什么呢？我六叶蹚过的河比你们黄浦江还要宽，说出来别吓着你们，什么没遇上过的？野地里的土匪，街头流氓，白道黑道，有时候赶得不巧，赶在寸劲上，一个小毛贼就掀翻了你！我的第一桶金，金沙菇，卷在包裹里，枕在头底下，一觉醒来，睁开眼睛，枕头抽走了！火车哐唧哐唧，已经过了嘉峪关，关里的太阳，艳红艳红，就和关外不一样，红得邪气，很阴险，可是，也叫人上进！所以，我的资本积累是从第二桶金开始的。

下一日，六叶中午过后才到，进门就让这两个人吓一跳。她的上眼皮又红又肿，敷了一层药膏，亮晃晃，油腻腻，牵扯得眼睛又像睁不开，又像闭不上，直瞪瞪地看人。原来是新开了双眼皮。六叶说，她每一次走出低潮期，必要做个纪念，也是励志的意思。有一次，激光点去一颗痣；有一次，打耳洞；还有一次，打了第二个耳洞，所以，她有两个耳洞；再有一次，是文身，肚脐眼边上，文一朵带刺的玫瑰；这一次，就开了双眼皮。动过刀的眼皮，渐渐消了肿，呈现出两条深痕，抹上雀蓝的眼影粉，描上眼线，眼睛显得大了，而且额外添加一种表情，就好像始终被什么事情错愕着。

五

暑热继续着。树上的蝉，响成一片，天地间都是振翅声，那极薄的蝉翼竟然发出金属般的铿锵。新楼宇的现代建筑材料，密度高强，日光投射上去，顿时反弹回来，也是金属般的质地。路南那幢老公寓，拉毛的山墙上覆盖了爬墙虎；还有斜对面那个隐约的街口里，森绿的林荫，是这金属世界的两个破绽，流露出温柔的挚心。四处都反光，唯有它们是吃进光的，光浸润在松软的颗粒里面，就变成毛茸茸的。可这么一点点异类，哪里扭转得过全局。满地都在溅火，车流简直是刚出炉的钢水，滚滚烫地流淌过去。在这高度文明中，岔路口的红绿灯都变得原始了，黯淡地闪烁。人也进化了，进化成空调动物，门窗紧闭，在机器制动的冷空气里存活。欧伯伯手里还握着一柄蒲扇，却是象征性的了，蒲扇下的风，成了陈年旧物，被空调强劲的低温消弭了。六叶在空调叶片上洒了她的香水，令人忍不住想打喷嚏，又在刹那间收住。欧伯伯吸着鼻子，极力辨别是什么气味。六叶说：香奈儿，知道吗？来自法国！法国，世界香水名都，花草里提炼出精华，只需在手腕内侧——她翻过手，那是一双又大又长的手，在手腕内侧一点，暗香浮动，从天而降大花园。欧伯伯的回应三个字：不必要！六叶兀自说下去：熏衣草，郁金香，勿忘我，紫罗兰，罗丝玛丽……声音越来越轻，就像呓着了的梦话。生意清淡，让人意气消沉。忽然间一抖擞，像是被什么惊醒，她重新坐直身子，顿时高了一截，这是个长腰的女人。进货！六叶的眼睛在浓厚的眼影和新添的祠纹里，深邃地亮着：要进秋装了！欧伯伯不由笑起来，手中的蒲扇点了点墙上的日历，说出两个字：节气！停了停，又说道：节气啊！

那是老皇历，大爷！六叶说，那是农耕时代，看天吃饭，今天的人类，已经创造了另一种季节和气候！六叶再也坐不住，她四下里翻腾，找出一支粗水笔，在旧价码旁边标上新价码，三折，二折，甚至一折。正忙碌，却听身后哗啦啦一阵响，回头看去，柜台上撒了一把纽扣，欧伯伯在向她招手。六叶狐疑地走过去，欧伯伯从纽扣堆里拦出一半，拦到她跟前，重重一点：数！六叶看看纽扣，又看看欧伯伯的脸，脸上表情很严肃,数!又说了一遍,自己带头数起来,将一种镀黄的假金小扣子,数进纸盒中,嘴里念着一、二、三、四。就像中了魔咒,六叶不由自主也随着数起另一种镀白的假银小扣子,但她是一五、一十、十五、二十,划拉进纸盒子。欧伯伯就不答应了,将她的纸盒子覆过来,数进去的纽扣又倾出来,说道:数!六叶先是一怔,接着就发作了,将纽扣一推。她可不是年轻保安,不仅老实听话,还与欧伯伯有沟通,参得了禅机;她是另一路人。六叶用盒子敲敲台面,说:您老不是折腾人吗?您是长辈,又是房东业主,我敬重您,让着您,可也得讲道理!您让我帮干活,数扣子,我虽然忙着,我也是有事业的人,我有我的数法,效率,懂不懂,效率是经济的命脉!欧伯伯被这劈头盖脑一顿教训激怒了,他拍着柜台,反问道:道理?六叶自然有话回,却让欧伯伯的眼神逼回去了,欧伯伯镜片后面的眼睛陡然变大:道理?六叶想到和老人说话要有礼貌,缓和了口气:人要讲道理。欧伯伯一下子顶了回去:天理!六叶简直要哭了,结果是笑出来:大爷,您在说什么呀!正不可开交,保安进来了,见斗鸡似的两个人,息事宁人道:算了,算了!一场风波算是平息下来。

六叶收拾停当,坐下来,臂肘撑在膝头,托着腮,腰拉得格外长。看上去不大像人，而是像一种兽，不是凶猛，而是机敏，好比箭在弦上，一触即发。一旦招惹了，就将遭到激烈的反扑。她这么托着腮，沉静地坐着，思想在不知道什么地方徜徉盘旋。保安和欧伯伯谈论着对天气的看法，说来说去只是一个"热"字，底下则有无数信息互通交流。以这两个的体验，说话全不在多少，在于通。通的人不说也知道，不通的人说多少还是不知道。像年轻保安，欧伯伯所以为的，一根针的聪明，就是通的意思了。只要通，一个字，两个字，就足够用了。六叶算得会说话吧，一张口可以淹死一个两个人，可是通不通呢？欧伯伯的思想在这里犹疑了一下，不能说完全不通，但是太绕，走了弯路和岔路，到最后不免旁门左道，以致迷失方向。

空气中有一种静谧，是经过激烈的动荡之后，沉淀下来，松弛，安详，和煦，甚至温馨。连空调机的运作声似乎都变得柔和，保安和欧伯伯关于天气的交谈也歇止了，享受着这微醺的沁甜。其实都是由方才的争执化解而成，情绪紧张到了极致，然后舒缓下来，委婉下来。就像闹脾气的小孩子，之后总会有一段乖的时间，悄悄玩着自己的游戏。能量增长到相当的水平，必定来个总爆发，释放之后再重新积蓄。人们沉湎在慵懒的身心里，互相都遗忘了彼此的存在，兀自度着精神生活。不晓得有多少时间过去，事实上呢，不过是一小会儿，大马路的交叉口更替了一次红绿灯，车队停下来，然后启动向前流去。六叶转过脸，对了欧伯伯：大爷！那两人就都看了她，身体和意识都涣散在无边无际的空茫之中，尚未聚集起来。大爷！六叶又唤一声，语气是亲昵的，正是如此，才令人警惕，一股紧张的气流勃动起来——大爷，借我一点钱，两千块钱！"两千块"这数字一出口，那两人都惊一下。欧伯伯想：怎么又是两千块？年轻保安红了脸，有什么秘密被窥破似的。六叶浑然不觉，站起来，走近欧伯伯，手扶着柜台，倾过身去：借我两千块，一旦资金调过头，立马还您，按银行活期利息给付！

欧伯伯的回答是：不可能！为什么？六叶问，态度是耐心和蔼的，这样，就显得欧伯伯任性了：不可能！六叶还是耐心的：为什么啊？欧伯伯索性无理到底了，不理睬她。六叶叹一口气：大爷您难道不明白，我们只有联合起来，团结起来，将资本调配起来，才可能在经济颓势中立于不败之地！欧伯伯伸出手，点点六叶，再点点自己，说出六个字：路归路，桥归桥！六叶倒被呛一下，顿一顿，说道：大爷，这就不好了，知道吗？要做规模，今天的市场竞争如此激烈，靠什么做赢？规模！钱是死的，资本是活的，要将死钱盘活，就要变作资本，我给付银行定期利息，还不可能吗？最后一句话，六叶简直是剜肉，痛叫出来。欧伯伯调过脸去，明显是免谈的姿态。六叶气起来了，说出一句极刻毒的话：把钱带进棺材里去吧！不料欧伯伯竟笑起来，活在他的岁数，生和死都已经了然，也就是知天命，这样的恫吓多么无力啊！六叶无奈，坐回到自己的位置上，继续动脑筋。就在这时候，保安忽然开口了，他目睹了借与不借的整个过程，开口了：我借！他说出两个字："我借！"再多的话他说不连贯，也无须再说，欧伯伯和六叶都惊起了。

欧伯伯恼怒了，恼怒保安斜插一杠子，使得本来势均力敌的局面发生倾斜。他看着保安，一改否定的句式，说道：可能吧！六叶的心情是感动，这个颟顸的人，永远作壁上观，不想，却有着一颗同情心。她看着保安说道：谢谢，大哥，谢谢你，但我不能要你的钱！这倒颇令人意外，那两个就都附耳倾听。六叶继续说：大哥的那点工资只能用于消费，不像我们经商的，可出钱生钱！大哥你是个好人，也是个可怜人，难得那么慷慨大方，不像有些人——这"有些人"自然是指欧伯伯——大哥的钱可不敢作风险投资，投资总是有风险的，留着吧，娶妻生子……说到这里，年轻保安的脸红了一大块，就像被揭了伤疤，因此态度更强硬了：我借！一边从裤兜里摸出皮夹，却只有三五张纸币，就要去隔壁柜员机拉卡。他又渐渐积蓄起一些余钱了。正当要推开门，欧伯伯发话了：慢！欧伯伯的每一个字都是保安的定神针。保安定住了，欧伯伯站起身去到里间屋，掩上门。留在外面的两个人，都静默着，六叶不免有得意之色，因猜到事情正转向有利的方面；保安则是懊恼，懊恼自己说了大话，钱包却不争气。欧伯伯从里间屋出来，手里拿了一叠钱，放下来，脸对着保安，说了声：好人！话里含着讥诮和谴责。

借据上签了名，钱进了六叶的腰包，三个人都舒出一口气。这个午后行将结束，六叶却又出新招，她邀请他们随同一起去七浦路进货。对这建议，欧伯伯只觉得荒唐，考虑都不考虑，可谁能经得住六叶一张嘴，还有六叶的决心！她亮着眼睛，声音时轻时响：怎么和你们说呢？她斟酌着措辞，这么说吧！一片商铺中间，纵横无数条通道，每一条通道，无论从东向西，还是从南到北，一眼望去，几乎望到地平线。她的长臂向前伸展着——而这只是一层楼面，商厦从地下到地上，都有十几二十层。手臂直起来，伸向上方——这又只是一座商厦，这样的商厦，所占满街区，跨越地铁十号线上的多个站头！一出地铁检票口,直接就进入了七浦路的心脏,人流就像血液一般输送到各条动脉,你听见耳膜"嘭"一下鼓胀起来,轰隆隆的,那就是脉搏在跳动……市场经济呀!六叶发出一声喟叹,是有无尽的感慨。这时候,欧伯伯说话了,他说:热!这一个意见其实透露出松动来,六叶一下子抓住了,她笑道:什么年代呀!二十一世纪呀!人类早就走出原始的自然社会,进入文明了,有空调!只怕还会着凉,所以,大爷您千万记着带一件长袖衣!欧伯伯又说:走路?他笑着摇摇头,不可能的呀!六叶说:有车!听说有车,那两人都流露出惊诧来,一齐望向六叶。六叶微笑着点头道:有车!停了停,欧伯伯又出一道难题,这道难题是在保安身上,他指着保安说:上班,上班呀!不等六叶开口,保安就回答了:休息。又添一句:正好!欧伯伯看他一眼,说道:好人!至此,所有的疑问都解决,事情就定了。

次日清晨,太阳未出来,马路上的人和车还很稀少,纽扣店门前驶来一辆电动车,车后座上做了改装,做成一个两人座的加篷车斗。这样的车多是出入于城乡接合部,载货或者载客。从理论上说是违规的,可是偌大座城市,哪里会没有法律的网眼呢?所以,在平常的日子里,人们便持视若无睹的态度,一旦到严加惩治的日子,也不知哪里透露的风声,早一日路面上就干干净净，看不见一辆。等到局势渐缓，就又这里那里地冒出来，在快慢车道间往互穿行。大型工程车，水泥搅拌车，集卡重卡，撞翻的都是这类电动车，造成无数惨祸。可是，并没有就此降低电动车的数量，也没有降低它们的速度，说起来，电动车都是不怕死的，简直拥有骑士精神，将危险视作光荣。现在，这样的车就停在了市中心西区的马路边，下来一个人，是六叶。黑色的镂空花饰的长裙撩到腰间，系一个结，底下是黑色中裤。与往日不同的是，头上顶一块格子毛巾，垂到齐眉，给眼睛罩了一个凉棚。她按一下喇叭，这车也是有喇叭的，而且声音洪亮。店门立刻开了，走出来一老一少。这两个人可是都换了装束，六叶差点没认出来。欧伯伯穿一件浑花的衬衫，灰色底上煌绿的波浪漩涡，裤子是米色的，一种极薄又极挺的面料，脚上一双黑皮鞋。这身行头是女儿从日本带回给他，平时少有机会上身，所以是全新。在这老派的摩登里又加入了现代的元素，那就是一顶鲜红色的棒球帽。保安今天自然不穿制服了，他不穿制服的样子真还没大见过，就像个纨绔。一件芭芭莱黄黑格间红条的翻领T恤衫，配一条雪白的长裤，皮带是鲜艳的橘色，皮鞋也是橘色。虽是这样华丽的一身，手上却提了许多零碎，一根手杖，一把折扇，一瓶茶叶水，一个提袋，里面是擦脸毛巾、塑料药盒、风油精、驱蚊水，都是欧伯伯的随身物品。看见门前马路边上停着的车，不由都怔一下，可是，容得他们迟疑吗？六叶扶住欧伯伯的胳膊，往上一托，上车了，嘴里小声急促地说：快，警察来了！保安随着上去，方一坐定，车就像脱弦的箭，沿马路射出去了。

现在，还有什么可说的呢？一眨眼已经离开有半站路，望也望不见纽扣店了。风在耳边呼呼地吹，马达在座椅下突突地响，震得人不时地跳一跳。座椅是背向的，就看见宽阔的路面从车底下退去，退去。极目处的天空变红了，气温在上升，好在有风，风在变热，却是干爽的。街上的人和车多起来了，等待红绿灯的时候，六叶就在车阵里左右穿行，超到前面，红绿灯一转换，第一个冲过警戒线。可是，真玄啊！尤其是大转弯的时候，那车在路中心这么样绕一个弧度，无数汽车轮子迎面而来，擦肩而去。欧伯伯手支在膝盖上，坐得笔挺，眼睛直逼前方，大气不敢出一下。保安略好些，也是没经过这惊险的，有几次张嘴要叫，又吞回去，将嘴紧紧闭住了。等日头跃上来，在几幢高层后面躲躲闪闪，玻璃幕墙放出耀眼光芒，他们就进入到店面稠密的街区。新楼之间错落有古式建筑，金碧辉煌的琉璃瓦的牌楼，时断时续的粉墙，原来是城隍庙到了。忽然之间,人流汹涌起来,车呢,拥堵着,似乎一下子失了排列秩序,从四面八方围拢,因为走不通,就打起结来,纠缠着,好一时,方才交汇过去,再四散开来。可六叶的车,总能突开四围,无论乱成怎样的一团麻,她都能从中取直一条路,等她穿过,那一条路立即弥合,重又是一团乱麻,可以见出她的锐利。其间,到底被拦下一回,一个年轻的交警挡住车头,让六叶下车,要检查她的电动车执照。六叶手在腰包里摸,嘴上套着近乎:老爸生病了,我和老公陪他去医院,老爸一百岁了!交警绕到车后,看看车座上的人,正在这时,六叶翻身上车,"嘟"一声开走了。看那交警追了几步,却被人流缠绕,脱不了身,欧伯伯和保安都笑起来。方才,六叶称他们是老爸和老公的说法,两人听进耳朵,都有些窘,但倒不是不高兴。车开出一段,欧伯伯回头看着保安,问:一百岁?保安也看他,两人相视一阵,像有无穷的困惑,然后,欧伯伯说:谎话!保安转回头,轻声附和道:就是讲呀!

七浦路并不像六叶形容得那么繁荣,倒是有些蛮荒。公路般开阔的街道上,横跨人行天桥,车就在底下飞速过往。街沿下,一簇一簇的摊贩,卖着果品饮料,切开的西瓜,还有剥好的菠萝,插着竹签子。还有煎炸的油锅，炭火上的串烤，炒栗子，烘山芋，都是明火。所以，这里的气温，起码要高出二到三度。上午八时许，太阳已经烤了，到中午更不知是怎么煎熬。可也正是这热，使混凝土的路、桥、房子，有了蒸腾的人气。来到七浦路，六叶这样的车就像回了家，四处都是它的亲兄弟亲姐妹，有的装货，有的卸货。因而可见得七浦路的市面早，白领们正在上班的途中，打卡机还没工作呢，这里已经热火朝天。马路两边，都是那种车间或者仓库式的楼体，一方一方排列着，就像是超巨型的集装箱，占地数千平米，五层六层高。天空就变得广阔，人显得渺小，更显得勤力，每个人都是负重，手提肩扛，上下在天桥。六叶放慢车速，停靠路边，又一阵激烈的震颤，熄了火。她翻身下车，来到后座，交代说，她先去办点小事，几分钟就回来，他们就在车里坐着，不要乱动。这两人怎敢乱动，这就算到了六叶的地盘，举目陌生，唯有六叶她一个眼熟的人。离开时，保安情不自禁叫了一声：喂——这一声里，有着无限的不安和疑问，六叶回头看着他乞怜的眼神，嘱咐道：有人要问什么，不必多话，只说我六叶的名字！说完就走上街沿，又从那一边街沿走下去，不见了。

气温越来越高，那帆布车篷遮挡了日头直接照射，但也积蓄起热量。幸好有风,所以,热归热,还不是气闷。有人走过来,打量他们一时,又走开去,没有人向他们发出问题,人们都在忙自己的事。人在多起来,因为地场大,不至于壅塞。欧伯伯指指保安手里的茶水瓶,要喝水,递到他手上,只喝了一口,又还回去。保安不接,意思再喝几口,欧伯伯就说了三个字:前列腺。保安明白了,接过去,旋上瓶盖。又过一时,到底忍不住渴,又要来喝一口。往返有三五次,六叶还没回来,却有人用力拍打车篷,叫喊着什么。两人屏住气,只是不作声,好让人以为车里没有人。可是,忽有头伸进来,直接对着叫喊,这一回就听出个大概意思,是要他们把车向前开一开,要装货!那喊话的人还特别指着保安,说"你,你,你"的。保安涨红脸,张了几张嘴,最终也没有发出声音。那人就更粗暴了,手指头快点到保安额头上:你!这时候,欧伯伯说话了,他几乎是吼出两个字来:六叶!那人倒是一愣,与其说是被"六叶"两个字,不如说是被欧伯伯的气势震住。欧伯伯也伸手指住那人,再说一遍:六叶!那人真的糊涂了,表情明显软弱下来,退回去。车里的两个人看他双手叉腰站在马路边,嘴里喃喃着,十分怅然的样子。站了一时,只得走开去另想办法。

等六叶终于出现，这两人觉得一上午都过去了。但看见六叶的喜悦和安心，将方才的怨艾全抵消了。六叶骑上车，突一下起动，向前驶去，风扑面而来，真是欢畅。开过两个路口，又拐弯，两边楼体的外墙上，布满店招和广告，字都写成斗大，用词也很震撼，"天下男装"，"全球睡衣"，"时尚麻辣烫"，等等。六叶的车最后停在"摩登王国"的大楼跟前，将两位客人请下车，请进了楼里。高温下待这么久，陡一走入室内，几乎打一个寒噤，正如六叶说的怕会着凉，称得上凛冽。方才喝进去的茶水，这时开始起作用，欧伯伯要方便了。六叶和保安一人一边扶着欧伯伯，在人流中左突右奔，寻找厕所。这里不知是从七浦路心脏通过来的哪一支动脉，毛细血管纵横交集，血流量可谓汹涌澎湃。上完厕所，六叶又引上自动电梯，上了一层又一层，不知是第几层，人潮略微平息一些，走道间的长凳也有了宽裕，六叶让欧伯伯坐下，再等几分钟，但是这一回她要带走保安。几分钟！她强调说，然而，欧伯伯已经领教六叶的"几分钟"，他看着六叶，说道：谎话！六叶生气了：怎么是谎话，什么时候说过谎话？我说的几分钟，难道不是几分钟！您经常教育我们"不要急，不要急"，现在您自己怎么急起来了？欧伯伯指着保安：他，不可能！经过这些日子的相处，六叶多少了解一点欧伯伯的表述方式，她说：这里凉凉快快的，茶水添满了，尿也撒过了，有什么不可能！您怕什么？谁能怎么您了，有人劫持您吗？实话说给你，谁会要你？除了我和他，她指了指保安——谁会要你！话里面又是训斥又是哄，欧伯伯就好像成了个小孩子，谁让是在七浦路，六叶的地盘。欧伯伯眼巴巴望着他们走远，消失在电动楼梯下面，可是只一眨眼工夫，六叶的脑袋又从上行电梯升起来，她快步跑过来，将一根雪糕塞进老头手里，说一声：乖啊！转身又下去了。

　　吃着雪糕，心里渐渐定下来，欧伯伯开始环顾周围。他所在位置可说是层面的中心，或者说主干道，两边通出去无数甬道，真就像六叶说的，一眼望见地平线。甬道为商铺挟持，商铺占地都很有限，所以密密麻麻。小小的商铺，墙上墙下，门里门外，都是货物。以服装为主，再细分为内衣，外衣，裙装，裤装，鞋袜，帽子——单是草帽就专有一间，黑色的中筒底裤也专有一间，镶蕾丝的女衫再有一间，军绿色的迷彩T恤衫又一间，于是，在纷攘中又呈现出秩序。欧伯伯惊叹着东西的多，铺天盖地，他那个纽扣店，连沧海一粟都够不上。他还明白了一件事情，那就是六叶的那些巴黎伦敦纽约东京出品的服装来自于何处，不由得冷笑几声。在他左右身边坐着的人，大多是歇脚的女人，脚下是鼓鼓囊囊的箱包，有一个老太太，看上去年纪比他还大，单薄瘦削，照例该在家里孵着的，可却不识相地出门来，还拖着一具小车，车斗里已经装满各色衣物。竟然还有外国人，欧伯伯的眼睛都可瞪出来了！手中的雪糕已成为一根光秃秃的木棍，他犹豫一下，就扔在座位底下的地上。没人在意这样不文明的举止，四处可见雪糕的包纸，矿泉水瓶，点心的包装，串烤的竹棍，拆开的打包带，还有塑料袋。正浏览着，年轻保安陡然出现眼前，弯腰放下一个偌大的蛇皮袋，欧伯伯来不及问出一句话，他就又跑着下了电梯。看着这个蛇皮袋，欧伯伯总算明白六叶邀请他们来七浦路的真正用心，是让他们给她做小工呢！欧伯伯又冷笑一声。同时呢，因为有了这个蛇皮袋在，又安心一些，晓得六叶不会丢下他了。

接下来的时间里，保安又送来几回东西。每一回来，都来不及丢下一句话，飞快地来，飞快地走。欧伯伯也和左右歇脚的女人一样，脚边堆起大包小包。终于，六叶的身影与保安一起从电梯口升上来，欧伯伯甚至有一点激动。六叶连坐都不肯坐一下，将东西重新整合成几大件和几小件，分配给保安两大件加两小件，自己也是两大件两小件，欧伯伯呢，只需拿好自己的那些零碎，好自为之。就这样，一起下了电梯，盘桓几回，下到底层，出得楼来。骄阳下，都是装货卸货的人和车，油锅炭火更热烈了。天桥和街道的路面，反射出一种粗粝坚硬的光和热。汽车排出滚烫的废气，无数具大型空调外机轰轰作响，制造热浪。他们找到自己的车，先让欧伯伯坐好，六叶和保安将包裹砌墙似的砌上去，上到半腰，保安爬进去，翻身就座，六叶送进最后一件，这件就放在保安怀里了。现在，欧伯伯和保安的脸前，只留出一个窗洞的空隙，等车发动，便有股股热汤似的风涌进。六叶将车开得飞快，街道和楼房从两边速速退去，转眼之间，景色变得熟悉起来，欧伯伯的家到了。其实七浦路并不那么远，时间也不久，还不到十一点。但是欧伯伯却觉得，是到另一个世界里兜了一转，大有洞中一日，世上千年的感慨。

去的路上，经过城隍庙，六叶对交警说，车后座上是她老爸和老公，保安心里"别"的一跳。此情此景，没有想法是不可能的。事实上，六叶在欧伯伯家租店堂一角做生意，外界就有风言风语，传到欧伯伯儿女的耳朵里，相继都到店里进行观察。看看老头子是这样，六叶又是那样，实在不可能有什么联想。再又看见，那年轻标致的保安，日日扎在店里，就觉着，要有事就是他们俩，于是放下心来。背地里，欧伯伯和保安也曾涉及这个话题，欧伯伯趁六叶走开，指指后背说：可能吗？保安摇头。欧伯伯就自己回答：不可能！又有一次，是以告诫的态度，也是指了六叶的背影，说：不要想！保安先摇头，后觉不妥，又点头。欧伯伯语重心长地说道：虾有虾路，蟹有蟹路！长期以来，大家能够相安无事，不能不说与欧伯伯的敲打有关。然而，从七浦路回来，保安却有些心思动摇了。他一看见六叶就会脸红，然后局促不安，再然后，眼睛放出光来。这微妙的情形逃不过欧伯伯的眼睛，他佯装打盹，甚至轻轻响起鼾声，忽然地，咳出一下。六叶没什么，保安着实就惊一跳。有时候，没事坐着，欧伯伯举起手里的蒲扇，在保安手臂上击两下，说：当心！保安又是一惊。这些惊跳已经叫不醒年轻保安的沉迷了，这个老实人的沉迷是以勤劳与忠诚为表现的，他彻头彻尾成了六叶的小工。他骑着六叶的电动自行车替她来回运货取货；他将自己的午餐盒饭送给六叶吃；不知从哪里觅来一个断胳膊的模特，让六叶套上最新式的时装，以供展示。现在，纽扣店门口，就立了这一具盛装的断臂美人，暴晒在太阳底下。欧伯伯无奈地目睹着年轻保安一步一趋地滑落情网，晓得说什么都无济于事，因此就不再说什么，静观事态发展。

这一天，保安来到时，六叶不巧走开了，不免失落与怅惘。与欧伯伯相对无言而坐，良久，冒出一句：伊好不好？显然，他渴望与人谈谈六叶，心里充满着激情和感动，真是压也压不住的。欧伯伯停了好一阵，回答一句：好人好报！保安低头羞涩地一笑，从这表情，欧伯伯晓得他并没有听懂，这一老一少，因为一个女人变得隔心了。可是，不要紧，好人好报！欧伯伯又说了一遍，这一遍是对自己说的，他相信，命运终究会放过无辜者。正因为有这样的信念，对保安的痴心，担忧归担忧，但还能够保持淡定从容。

果然不出欧伯伯的预见，可说是万分及时，出了一件事情。其时，大约早上九点十点之间，推门进来一个男人，手里抱三岁左右小孩。男人的目光很凶，从店堂扫过去，扫到欧伯伯，定住，嘴动了动，好像在骂人，却没骂出声。六叶回过身来，有一瞬间的怔忡，即刻回过神，张口就骂起来。骂什么，欧伯伯听不懂，他万分惊讶地发现，这时候，六叶她说的完全是另一种语言，和原先的北方话大相径庭。那男人也开骂了，也是听不懂，但气势十分凌厉。男人一边骂一边企图将孩子塞进六叶怀里，孩子却不认六叶，直往后躲，而且开始大哭起来。店堂里一时间吵闹得很，孩子的哭喊夹杂着大人的谩骂。谩骂越来越激烈，两个人就像好斗的公鸡，已经头顶头了，猝不及防，男人甩了六叶一个耳光。犹如迅雷不及掩耳，六叶也回了一个。欧伯伯上前阻挡，说：不可以！不等他说完，男人已经将他搡到一边。作为一种抗议似的，六叶又将欧伯伯拉回来。欧伯伯夹在他们中间，耳朵里全是不明含意的语音。这种语音频率极高，音长急促，连珠炮似的，又像戏曲里的垛板。音变也很奇怪，前后音都是不相关的，十分陡峭，却能顺利过渡，一泻如注，实在是惊人。欧伯伯被这语言的奇观震慑住了，甚至忽略处境的危险。而就在这时候，保安推门进来了。

　　电子门铃"叮"一响——这也是保安在六叶授意下安装的，男人回过头，看见一个身穿制服的男人笔直立着，大约以为是警察，神情上略微收缩一下。保安惊异地睁大眼睛，看着陌生人。那男人几乎矮他半头，穿着花里胡哨的沙滩裤和旧汗衫，脚上趿着拖鞋，显得多么邋遢，而他又是如何的英俊！眼前的一幕将他吓住了，停了停，开口说：做，做什么？就这几个字，漏出他的弱项，口吃。男人陡然间明白了，他回过身，逼近保安。虽然个头不高，那一身上下的筋骨肌肉，却是不得了的，可以从地下弹到天上。保安受了这逼迫，不由后退一步。从小到大，他是从来没与人动过手的,动嘴的事,则全由姐姐们包办。男人握起拳头,在保安胸前比画着,眼看要砸过来,六叶从背后给了他一掌。这一掌也很有含量,男人趔趄一下,几乎扑到保安身上,但及时收住,转过身去,保安趁机闪开。男人又给了六叶几下子,无奈手里有孩子,不能全力以赴。孩子已经不哭,双手牢牢攀住男人的颈项,神情倒也不十分惊恐,看起来,相当习惯这样的打斗。保安却忍不住了,一下子出手,打在男人的手臂上,自然是弹回来。男人又要向保安出拳,被六叶抱住臂膀。男人真是怒极,挣出手一把抓住六叶的头发。然而,始料未及的事发生了,那小孩就像一条小狼从怀里蹿起,咬住男人的脸颊,死不松口。如此纠结成紧紧一团,谁也插不进手去。欧伯伯忽显出十二分的敏捷,他快步绕到门边,拉开店门,伸出一只手,请出去的意思。那三个,显然是一家三口,又拉又操,几乎是跌出门外。欧伯伯要关门时,六叶用北方话喊了一句:我的东西不许动!欧伯伯再要关门,六叶又喊出一句,也是北方话:大爷的钱我会还!然后,门终于关上。

六叶走了。她的东西还在,墙上的时装,墙下的货箱,箱上摊开的"量贩"。挤在衣服之间,还有一具窄长的镜子,这具镜子可不能小视,里面暗藏机关。很难察觉的，它略呈仰势，使得镜中人无一不是高挑纤细。还有熨板，挑衣服的叉子，那断臂模特也收进来了，依在墙角。这些资产都是六叶驻扎下来后，一一添置的，流露出从长计议的心思。这满当当的一隅，如今却成空洞，将那两位的灵魂都要吸入了。每日里，望着它，不由满心惆怅。天气渐渐凉爽下来，息了空调，推出门去，拿下门把手的牌子，上面写着OPEN，又是一阵失落。门前的马路，重新又有了亘古的景色，时间在上面无头无尾地流淌。当下的一瞬里，或许会有截止，可一瞬过去，就又与过去、将来贯通，衔接得天衣无缝。许多当下，就这么连绵不断地进入时间的洪流。多少变故终又弥合起来，原委与结果都冥灭为过程。偶尔有时候，欧伯伯突然说出一声：不可能的呀！保安没有应和说：就是讲呀！而是停一会儿，然后说出三个字：天晓得！欧伯伯惊异地看保安一眼，想这笨人竟也通天地了。他们互相又对上话来，虽然有些错接，其实是歪打正着。在疏离隔膜的日子里，保安兀自成长着，欧伯伯自己呢，不也补充了他的人生经验，他哪里见识过六叶这样的女子？谁又知道她到底是不是叫六叶！可谓活到老，学到老。

六叶一直没有回来取她的东西，眼看着秋天到来，按时尚的气候论，应当销售冬装了，这些秋装却还滞留在自然的季节里。他们又好像看见,六叶在烈日骄阳下,踩着风火轮,往返于七浦路——七浦路就好像上一世的事情了!她拼力拼命地赶呀赶的,却还是被潮流甩远,同时积压了资金——欧伯伯难免会想起自己那两千块钱,也套在了里面,可是,他对保安说:无所谓!这一回,保安应和了:就是讲呀!也是错接,又是正对。再等些日子,依然没有人来,方才想到六叶的男人不会允她来了。想到那男人,欧伯伯愤然斥道:杀胚!保安自然知道指的什么,终究是不自在,扭开脸不作声。欧伯伯就又说了声:当心!保安还是不作声,但站起身来了。他站起来,从角落拖出蛇皮袋,撑开。将墙上衣服一件一件取下,折齐,叠平——每当叠好一件,就伸开手掌,那又大又温存的手掌,在衣服上按一下。叠成一摞,用手掌托着,另一手掀起袋口的沿,送进去,装好。欧伯伯看他做这些,终于按捺不住,问道:做啥?保安回答:送——她!欧伯伯又问:哪里?保安没回答,下巴抬起来,朝某个方向点一点。欧伯伯没有再问,问什么呢?再清楚不过,保安去找过了。

这天晚上,保安轮值夜班,欧伯伯早早打烊,一老一少跨出店门。少的肩背手提,老的挂了拐杖,相携着沿马路走去。转过街角,走上街心一块三角地。

三角地周围的红绿灯闪烁不定，东边不亮西边亮，很难判断那一盏是为哪一条开通路。好容易等到绿灯，方一举步，四面八方的车就来了，到了红灯，则是长驱直入而来。红绿灯轮流替换了一遍，那老的还不敢移动，后来是那少的腾出手，硬是扶住老的肋下，挟持般强行过去。离开流光溢彩的主干道，他们渐渐走入幽暗。路灯变得稀疏零落，倒是两边的住宅楼，从窗户投下一些模糊的光影。两人走过二三条错落的小街，眼前忽又洞开一个光明世界，不是璀璨与辉煌，而是昏黄绰约，那都是临时接线瓦数不高的电灯泡，还有几串小灯珠子。溶溶的灯光中，地上铺着，车上支着，各种摊位占满半条街。日用百货，钱包手袋，围巾帽子，首饰头饰，还有一架一架的衣服，果然是冬衣了，棉的毛的羽绒的，连个世界的边角都没有落下时尚的季候。他们不约而同停下脚步，看见了六叶。

六叶正从黄鱼车上卸衣服，撑上衣架，挂在支起来的金属杆子上。黄鱼车的空了的纸箱里，坐着那小孩，双手捧一个苹果，竭尽全力地啃着。六叶穿一身红，胸前和腰间的亮片倏忽翻金倏忽翻银，脚蹬一双齐膝的黑皮靴，钉扣也翻着金银。脸上的妆很浓，眼影是一种孔雀蓝，嘴唇是巧克力色。可真是醒目啊，拓开昏晦的光线，越拓越深，越拓越广，照亮了夜市。

这两位停在市口数步远的地方，不敢近前，一个是怕她男人，另一个是生怕以为来讨债，其实，欧伯伯想，他已经老了，无所谓了！这一个夜市，就好像从七浦路切下来的零碎，散落到此，离乡背井似的，于是就压抑住了声气，人们都在悄然中速速地动作。沉静中，却有一股子广大的喧嚣，从水泥路面下升起，布满，天地间都是喊喳声。

2012 年 6 月 21 日　上海

爱套娃一样爱你

有没有见过套娃？橄榄的形状，两头小，中间大，大红的底色，漆黑的眉眼，蓝绿黄图案，构成身体和衣着，是憨拙的俄罗斯农妇，又像扑克牌上的王后，有一种威仪，还像戴头巾的古代武士。在那些几何形的色块与线条之下，其实是一个抽象的人形，但这只是表面。在套娃圆鼓状的腰腹中间，有一道隐蔽的嵌缝，稍用力气，两头一拔，就脱开了。里面是小一号的套娃，同样的形状、款式、花案和颜色，同样颟顸而又凛然的表情，却比那大一号的显得肤浅了一些。如果说大一号的是中年，这就是青年。看起来，体积是起作用的。在体积里蕴含着某一种意义，当其他因素都退场，体积的意义就凸现出来，变成显性的了。好，让我们将第二号套娃，轻而有力地两头一拔，第三个套娃出来了。它更要稚嫩一轮，那一成不变的眉眼表情在又一号的体积上，竟变得佻达了，它是套娃生涯中的少年时代，在前两个套娃跟前，第三号的大小，透露出俏皮，就像要和你开个玩笑。接着，第四个来了，怯生生的，挺害怕的样子。同样的格式在这一级的体积上就显出纤细和脆弱，量变就是这样达成质变。最令人兴奋的是第五个，也就是芯子里的那一个到来了，就像从第四个套娃肚腹里下来的蛋，一个小小的实心的套娃在了眼前。它是套娃的婴儿，那么小，可是该有的它都有，一丝儿不差。多么精巧啊！托它在手上，暖暖的，好像有体温，沉甸甸的，实心里是一股子心劲，急着要长大。于是，将它藏进第四号套娃；第四号藏进第三号；第三号藏进第二号；第一号套娃巍然而立，就是由那蛋一样的小套娃长成的。历史收进肚腹里，隐匿起来，面目又回复抽象。在这故作的呆板底下，其实隐匿着生动的个性。

它就像我们爱的那一个人，他的每一个时期我们都能够想象，并且与其亲密无间。

让我们从最初的时候开始，就是说从最里面的套娃芯子说起，一个刚出生的婴儿。婴儿和婴儿，照理没什么区别，但那只是静止地看，事实上，生长的激素分外活跃，每分每秒都在塑造着这个存在，使之形象鲜明。额，颊，肩，髋，四肢，依着遗传的规律，同时也由这一个新生个体的独特性要求，从混沌中划下边界，形成轮廓。从大范围的人种上说，他应属蒙古种，在这长江下游，近入海口的地方，人群相当混淆，历史上发生过无数次人口大迁徙，向这里输送来北地民族的血缘，在城市开埠之初，又五方杂居，远近交流，什么样的人都有。这婴儿正朝着单睑长眼，秀骨清相上长呢！他是那种难养的婴儿，命运多舛，自打下地，便终日啼哭不止，江南的溽热天，母乳的稀或稠，虫蚁的叮咬，雷电的惊扰，不晓得缘于哪一件。家中是有老人的，所以就是旧式的育儿法，写了"家有夜哭郎"的帖子，张到四下里的电线杆上。否则，怎么解释昏暗的铁罩子路灯下，人们驻足在电线杆子前，喃喃念诵的情景。旧城墙的一角残垣上，传来打更的梆子声，众生祈福。到底入了梦乡，头上却起一层痱子，痱子消下去，又开始回奶，回过奶了，则拉稀，然后高烧不退，过了一劫又一劫。坊间就有传说，这孩子命贵，平凡的俗世怕留不住他，要起个贱名字，狗啊猫的。于是，贱名字也起来了，左邻右舍喊开了，又是众声喧哗。婴儿终于安静下来，肌肤温润，睁眼看人的时候，有一种老练的淡定，是出自身心和谐。他离我们邂逅的日子多么远啊，在那时间隧道的深处。可我们还是看得见，清清楚楚，而且栩栩如生，要知道，我们所爱的这个人，就是从这个核上生长起来，这个核在他身体里面，无论过去多久，都在着。我们看着这个人，也看见了它，爱情的眼睛是有穿透力的。

婴儿渐趋人形，各部位显现，细节增多，个别性更加扩张。这个阶段里所有的幼儿都是这样，感官苏醒，热切向外界伸出触角。这一个也是，什么都要试一试，先是用眼睛看，再是伸手触摸，然后放在嘴里尝一尝，伤害也因此而来。是不是这孩子特别背时，或者是他依然保持与生俱来的脆弱性，他的感官常常受挫。放进嘴里的是辛辣的，触摸的又烫了或者割了手，看总是安全的吧，可偏偏就伤了眼睛。一日夜里，突然被眼睛的灼痛刺醒，大声哭号起来。母亲带往医院急诊，医生立即做出诊断，一定是看了电焊的光。这世界简直就像长了芒刺，哪里都扎人，哪里都是疼痛。但是，受挫的经验却并不足以教训他，他还是继续着这种危险的接触，当然，戒备心生起了，它在某种程度上中和了好奇心，使他接近理性。切莫以为幼儿是没有理性的，他们有，只是改变了形态。比如这一个，很奇异地，体现为一种胆怯。和他逐渐长大的身形不符，他格外的胆小，常有防患于未然之心。比如他看见小朋友们荡秋千，他立刻会担心：这秋千会不会砸到脑袋？上高楼，担心的是会不会失足跌下去，马路上的汽车又会不会驶上人行道。小脑袋里的十万个为什么，有五万个是关于生存危机的。他的保守的长辈们，又刻意渲染了人生的旦夕祸福，在这有年头的旧城里巷，就别提具体的故事了，单是看白天里喧嚣的街市，入夜后的森然，足可让人信服生活的阴暗面，他真是有些被吓着了。婴儿时的身心谐和破坏了，紧张取代了淡定从容，然而却有一种严肃，使这孩子的面容变得庄重。

可是，别以为这张脸会遮没婴儿时期的脸，它们存在于一体。这个奇妙的情形怎么来解释？套娃可以解释。我们每个人都是套娃，记不记得？弄堂里的歌谣："我们都是木头人，不许说话不许动"，穿透力的眼睛将木头人解析成套娃。别管我们什么时候邂逅，那深远处的，孩子的面容一定浮现眼前。

这样，来到了少年。少年的他，有一种沉默的活泼。幼儿阶段的忧惧减轻了，因为他开始有自卫的能力，而且，一些预计的危险并没有发生，这培养了他的乐观主义，甚至，有些大意了。他的手、脚、身体飞跃性地发育，总是做那个惊险的梦，就是高空坠落，失重般地往下掉，永远也着不了地，人们说这是在长个子。也是在夜间，骨骼和肌肉突如其来地疼痛，又在梦醒时分平息，那是由生长的差异引起。很快，他呈现出运动型的素质：速度，控制度，协调性，爆发力，最重要的是，激情——就是足球场上，进入禁区全速奔跑时候，肾上腺汹涌分泌的能量，通常叫作"竞技状态"。运动开放了他的性格，本来，受伤的经验已经将他拘泥住了，而现在，他简直要飞起来，自由自在，挤簇的眉心舒展开了。虽然对于他的大意，还是有教训来临，跳远时，崴了脚踝；双杠下杠，又撑裂了手腕的骨头；再有，我们为国际关系进口伊拉克蜜枣，带来了肝炎病菌……也幸好有这些警戒，使他避免了鲁莽，有所顾忌。

他早已摆脱了幼小时的懦怯心理，人生的大磨难又没来临，他和外部世界正处在和平相处的阶段。许多成长中的磨折，其实是在他提早经历的焦虑中和解了，这就是他脸上流利线条的来源，没有赘笔，简约清晰，表情宁静，体现出顺遂的命运。运动让他置身在人群的热闹中，他是热闹中的那个静默，他静默地动作，奔跑，就像一头鹿，缄默、快乐、容易受惊，一旦风吹草动，站定，回头，四处望望，再继续奔跑，向着并不自知的目标。耳边不时掠过警告声，也是以弄堂歌谣的形式，唱的是"小弟弟小妹妹让开点，敲碎玻璃老价钿"。

这一回，我们看见的是动态，不仅凭想象力，还是理解力，起用和调动现存的条件，让那湮灭在时间里的肉体穿越，穿越，石破天惊，穿透岩壁样坚硬的现实——发生邂逅的那一个断层，地下的剖面，都保持着最生动的形态、温度和弹性，没有丧失一点水分。就像我触到你这样真实，那是一个小你，小一号，或者小两号，在眼前的大你里面。所以，我们称你套娃。

现在，青年套娃套上了少年套娃。我应该怎么描绘他呢？人生的复杂性和暧昧性使这个人面目模糊，同时令人遐想。初恋是在此发生的，这种恋情就是写在弄堂的壁上，某某某和某某某好！好像诽谤似的，其实再正当不过。那是从清白却也是空洞的少年时代走来，没有被欲念煎熬过和腐蚀过的身心，初次体验。由于害羞，由于蒙塞，还由于节制的天性，于是，谨慎地摄入，一点不贪嘴，也不浪费，渐渐地，充盈起来。情欲和满足，极其私密的经验从内向外，修改着人的轮廓。有一点点变形，很难说是好还是不好，那一种生机的活跃度，超出理性掌握，呈出无序状态，趋向出轨。还好，生子养家的责任，立足社会的抱负，再一次约束了滥觞的自由，沉溺的精神重又抖擞起来。这是一个颇具自觉性的人生，也许，难免地，会缺乏做人的乐趣，可是，这就是社会的中流砥柱，正是有他，还有他们，社会能够保持安全，稳定地进步。这阶段的形象，是最社会化的，前朝几代养育成的个性，如今都被概括了，概括成普遍性。所以我说他面目模糊，只因为是我们爱的人，才能从那么多相似的脸中辨认出这一张，不被爱的人像流沙一样崩塌倾泻，消失殆尽。奇异的是，不是在当时，而是在以后，当它掩蔽到邂逅的断面之下，方才透过层层剖面，呈现出来。这就是邂逅的能量，我说的是邂逅，而不是认识，认识是肤浅的，而邂逅是积聚起所有的历史必然性和偶然性，然后发生的机缘相逢。

那些自出生到长大的日月里，积养成的特质，并没有消逝，只是被压缩和收敛起来，封存在这社会型的人身里面，潜在地起着作用。他依然容易受伤，似乎是原始材质的缘故，比较薄脆敏感。但毕竟是成人，有更强大的膂力和控制欲，还有经验，他学会掌握主动，在伤害到来之前先就出击，多少有了些进攻性的人格。却也正因为是成人，创伤就更严重，同时呢，修复能力在降低，创口长久无法愈合，所以他的怯意也在增长。他不自觉地逃离更激烈的冲突，就像鸵鸟，危险来临，掉头就跑，一头扎进窝里。强和弱这两种性格在他身体里面对立，调整，较量，企图达到平衡，这是我们所以能将他分辨出来的原因，是这社会化形象里的个人性，一种悲剧感。这悲剧感使他的面容避免堕入平庸，而是显现出一定程度的深刻。在谨慎中的野心，强悍中的妥协，欲望里的冷静，理性中不时冒出来的妄想，最终都被折中起来，折中到悲剧里面去了。这一出悲剧里的世俗情节，由于人性的奥秘，具有了古典主义的情调。和莎士比亚相反，他是把古典主义情节给世俗化了。这人从幼年起就对世界的惧怕是对的，这种本能被教化所蒙蔽，兀自孤独地成熟着，到时候就会进入命运。当我们再一次看见这惧怕的表情，它已不是幼时那样，单纯又甜蜜，而是变得生硬和沉重。生活如此粗粝，经它打磨，人们离开娇嫩的雏形越来越远。那个最小的套娃藏得越来越深，隐匿在芯子里。然而，还是有一种幼稚透露出来，暗示着纤细、精密、优雅的质地，只有体察入微的眼睛，才能从层层遮蔽，板结住的表面看出来。就是这一丝线索，引我们走进这个人的历史，一直倒溯到源头。

让我们将这一个套娃也藏起来，它的暧昧面容，已经是套娃的浅表层了。几乎听见了那套娃两头相扣，在腰腹部位发出的"嗒"一声，历史就这么锁住了，留给我们当时当刻——我们就是在这里邂逅。我们与他，面对面，彼此的鼻息都拂到了脸上。因为过于近了，他变成广角镜下的影像，变形，漂移，分崩离析，细节散落成孤立状态，肌肤上的纹理，眼睫上的毛刺，瞳仁里的影像——是一个变形的我，可我看不出来他是什么样子！陡然间，他的脸迅速退往焦点的深处，细节组合起来，呈现全局，有一种尖锐的清晰，针一样扎入我们的凝视，也是看不清，那是在视力的终端。然后又推前，放大，扩张到我们视野之外。这其实就是他的真实面目，处在活跃的生活里，正通向未来，未来是什么？世事难料，也许是个大错误！一生都走在正确里的人，要期望拓开新天地，就只能走进大错误。同质的能量急骤地聚集起来，涌动着，已经成型的形状将打破重来。而我们，也在活跃期，视角很不稳定，零距离的接触已经将他从客观世界摒除出去。那些从来没有经验过的，直觉以外的情景，却历历在目，唱着各自街区的童谣，循着各街区自定的游戏规则，穿越全不相干的命运，遥遥无期地朝这邂逅走来。爱情不止是想象力和理解力，它是超验的，它的超验表现在没有亲历过的事情如在眼前，眼前的事物却堕入虚无，于是，我们就成了探秘者，而他，则是永远的谜。

　　谁让我们邂逅在这一层剖面上呢？无论邂逅在哪一层，都是同样的遭际，远的清楚，近的模糊，未来是猜谜。我们的爱是像爱套娃一样，前面说过了，就算一个木头人，爱也解析成了套娃。活脱脱的，剥开一个，跳出一个，剥开一个，跳出一个，然后，再一个一个套起来，对起来，"嗒"一声合上，合成一个大谜语。想起来了，有时候，一阵痛楚在身体内掠过，花一样在胸前盛开，就是他在拆和装；我也是套娃，他的套娃。我们都是由命运积压起来的考古层，有一天，终于在时间的浸润中腐朽，酥烂，碎成齑粉，和在一起，就成了中国民间歌谣《挂枝儿》唱的：

泥人儿，好一似咱两个，捻一个你，塑一个我，看两下里如何？将他来揉和了重新做，重捻一个你，重塑一个我，我身上有你也，你身上有了我。

最后，套娃变作了泥人儿。

2008 年 8 月 7 日　上海

释梦

和所有的梦境一样，背景是虚的，焦点只对着主题，而又从主题辐射出气氛，这气氛甚至比具体的画面更具有说服力，指示出所在的地方。这么说来，就是在闹市，有一种流动性，闪烁和跳跃，转瞬即逝似的，那一面橱窗就从这不稳定中划下区域。橱窗里陈设的是鞋，应该有许多种，但进入视线的，梦境里的视线也是弯曲变形的，视线里只有两只鞋，一只蓝色，另一只红色。做梦人抬起手，将橱窗拉开，那橱窗的玻璃就好像橱柜的移门，或者拉窗，可以横向推动。拉开橱窗，伸出手去，拿了那只红鞋，然后走进店堂，索要另一只。就在这时候，却发现手里的鞋分明是蓝色的那一只。错愕中，梦醒了。

　　这个梦，有些像魔术，做梦人是魔术师，魔术的机关藏在梦里，醒来就不得而知了。难免回头去搜索，关键就在红鞋变蓝鞋的一刹那，是在眼前发生的吗？不，还有一个细节，差点儿错过，从橱窗里取出红鞋，包在一张旧报纸中，再打开旧报纸，却成了蓝鞋。那么，报纸包有没有换过手？还有没有旁人在场呢？似乎有一个，谁？没有影像，始终在焦点之外。聚焦非常有限，只在于鞋，也说明有没有人，无关紧要。梦醒时分的搜索难免会蹈入歧途，因是沿着既定的路线，而梦境里另有规则，既定的常理中的思路顽强地要来干预，扰乱着事实的原型，可除去这条路径，又别无他途。梦里还有一个人，就是做梦人拿了单只的鞋试图向其索讨另一只的人，应该是店员，只有店员才有义务提供商品，服务顾客。模糊中似乎呈现出身影，还有对答，所以才会有接下来的情节，打开报纸包，露出里面的鞋，以为这一只，其实那一只。鞋又一回聚焦视线，"店员"虚化进背景，不剩任何具体性，那人原本就是醒里的常识虚构出来的，梦境里的规则及时限制住范畴，同时，锁定机关。

一个魔术还未解开，下一个又来了，还是鞋，好像暗中有一个磁场，将同一属性的物质吸引在一起。当然，更可能是出于事后的归纳，归纳是醒来后的理性本能，它习惯性地划分事物，使存在变得整齐有序，便于解释。做梦人，是另一个，而非同一个，做梦人在疾走，步履轻快，忽然间，有人——这一回，真的有人出场了，有人提醒做梦人，你脚上没有穿鞋！脚上没有鞋，是走丢了，还是一开始就没有穿鞋？这个梦里没有出现鞋，鞋却是梦的主题，是以缺席的方式呈现，就是没有鞋。那么，告诉的人是谁？他的身份变得重要，是目击者，见证人，说不定就是魔术的关键，分明是知道些什么。可他依然是虚化的，没有面目，没有身形，甚至，没有声音，直接就灌输给做梦人一个意识：你没有鞋！搜索总是以理性的方式，一旦进入梦境难免受阻，那里潜藏着完全不同的逻辑。但是，一定在某一点上，与醒后的存在贯通，这一点就是机关，困难是没有钥匙。

梦境不知是以怎样的物质成形，轻薄柔软，又相当绵密紧实，无缝无隙。就像陷阱，貌似平常，一脚踏入，顿时换了天地，连做梦人都是另一个。所有的不可思议都是在梦醒之后，倘若试图回进去——可是，回得进去吗？这就是梦境的物质的欺骗性，它只隔了似有似无的一层，透着亮，实际却是河水与河岸的关系，邂逅永远只有一次。所以，无法再次检验它的合理性。其时其地，无疑理所当然，对它遵循的逻辑，无条件顺从，事实上，一定是有条件，只是梦醒时分，条件全瓦解，从逻辑链上凋落下来，漏进记忆里一些鳞爪，再也拼不起全貌。那真是一个奇异的空间，它寄生在做梦人的脑电波里，同时自生自灭。它依赖做梦人的意识，又不依赖做梦人的意识，梦和意识之间，是一种什么样的关系呢？是由哪个决定哪个，哪个解释哪个？这两种物质，又是哪个从属哪个，谁是谁的机关？

有一个做梦人，提供一条线索。梦里面，有人迎面走来，这可是千真万确，一个陌生人，向做梦人走来，说：我也是在做梦。这一句话可说振聋发聩，它说明所有的梦都可以走通，可以互相介入，在某一种条件下，又是什么样的条件呢？不知道，只知道，做梦人的梦其实不分彼此，完全可能是，这一个做梦人，做的是另一个做梦人的梦。如此这般，做梦人就很难使用自己的现实材料去破析梦了。也就是说，你的魔术机关钥匙，是被他所掌握；他有钥匙，却没有锁，就是说没有魔术，或者说，他的钥匙变成又一个魔术。从这个梦推至前两个，前两个梦里的隐身人也许就比较好解释了，是另一个做梦人。在第一个梦里，做梦人向其索讨鞋的，也是一个做梦人；第二个梦里，指出做梦人脚上没有鞋的，又是一个做梦人。各在各的梦里。换一个角度，那一个做梦人被人索讨一只配对的鞋,一只红鞋,对方做梦人出示鞋的时候,报纸包里却露出一只蓝鞋;再有,做梦人看见一个没有鞋的行路者,出于某一种义务,要向他指出,你没有鞋!多么古怪啊!也不古怪,在梦境里,这是可以接受的,因为,鞋不一定就是鞋,而是另有意味。这个物件可以有,也可以没有,可以成对,也可以成单。"你没有鞋!"的意思未必就是没有鞋,而是没有另一种东西。什么东西?做梦人也许知道,梦里的人都知道,醒来的人却隔开千重山万重水。要想循迹,难免陷入南辕北辙的误区,离本意越来越远。

如此算来,就又多出两个梦,总共四个梦。就好像梦会繁殖,一生二,二生三;又像镜子,里一个,外一个,镜对镜,就不只是一加一;还像几何里的数字,成倍地翻长。不过,就有据可查而论,只是四个梦。

第五个做梦人来了,一个极恐怖的梦。做梦人负在陌生人的背上,盘旋在楼梯,一层一层向上走。前边一步的距离,同样也有人背人的一对爬楼者。负在背上的人最显眼,也就是说其余一切都虚掩着,焦点在那一个人。那一个人的其余部分也是虚渺的,唯有脚上的一双鞋,一双锃亮的黑皮鞋,随了攀登的节奏,一摇一摆。做梦人突然间疑上心头,那被动的刻板的一摇一摆,分明来自于没有生命迹象的躯体,那是一个——死者！如此至惊悚，却没有及时醒来，那一双大黑皮鞋定格在眼前，几乎触到了脸颊，脱离了画面，脱离穿着者的脚，孤立，突兀，鲜活，简直就要张嘴说话，试图要告诉些什么！可是做梦者的慧根不足，那呼之欲出的一句话最终没有说出来，留下的是罕有的悚然，这悚然不是来自死者，而是鞋！遗漏到意识里来的是梦的真相，还是醒的真相，或者是在这两个存在之间折中过的，变形的真相。鞋，确有一种悚然，它是所有物件中最象形人体部位的一种，可脱离所承载的实体而保持形状不变，既是自有独立生命，又因形状而附上人格，与做梦人的渊源大约就在此了，鞋真是做梦的好题材。这么说，就好像做梦人有自觉性似的，可以自由选择做什么样的梦，不做什么样的梦。即便是醒着，又有多大程度的自主权呢？尽管看起来，可以选择做这个，不做那个，事实上，这种自主权是被既定的逻辑所暗示的。所以，很难界定究竟什么是自主性。鞋总是涉入梦境，脱离醒来的这一个存在里的功用性质，上升为形而上，变成隐喻，也就是魔术。

有一种现象，说不定是从梦里渗透到醒里面，那就是脚步声。楼板或者地面，被鞋底拍响，以现成的经验，总以为有人走过，可并不是每一次都有好奇心去看一看，究竟是谁？很多脚步声逃过了证实这一张网。

第六个做梦人的鞋陷在了沼泽里，使劲一提，拔出来的是脚，鞋却嵌在柔软的泥里。透明的稀泥很快将鞋封存起来，就像一只昆虫的尸骸，时光倏忽过去，做成一只琥珀。是一只鞋，还是两只鞋？一只琥珀，还是两只？印象就模糊了，更可能是不重要，不是说它已经脱离了实用性，所以不是非要成双成对不可。梦还没完呢！不知怎么一来，机关往往是在这一来中，偏偏错过了知觉，就这么，不知怎么一来，鞋又回到脚上，带了亘古久远的时间，泥里的鞋印，透过无数的透明的考古层，那鞋印就像一只蝉蜕。在梦里，这些都显得平淡无奇，奇怪的心情都是在醒来以后。这一只老鞋子啊，会不会就是第一个做梦人手里的新鞋子，从拉开的橱窗里撷取的，颜色已经隐退了，无所谓红，无所谓蓝，时间将一切差异调和起来，你说琥珀里的尸骸是什么颜色？鞋是脚的尸骸吗？脚又是什么？人体的远端，又在根基部位。梦里的鞋，又是另一回事了。它从人体上塑了型，就脱离开来，就好像铸件从模具里脱胚。为什么偏偏是鞋，除去象形，还有没有别的特质，应用着某一种隐喻？比如，行走。在梦境里穿行，拥有着自己的意志和愿望，人们只能以醒里的存在去复制它，也就是人格化，这限制了理解。倘若企图突破限制，又是遵循已知的路径，结果，蹈入限制里的限制，陷阱里的陷阱，越套越深。

那泥里的鞋印子，或者说鞋形的泥壳子，里面空空的，透明的考古层却封得好好的，真的很像一面橱窗，不过是躺着的，梦里的方位另有概念，需要重新考虑。第一个梦里的鞋似乎有了来历；第二个梦里的鞋是不是有了去处？去了泥巴底下！是泥巴下鞋的前生？然后才被第一个做梦人打开密封取出来？梦的时间也是自有排序，倘要用常识解释，可能就是爱因斯坦相对论，可是，谁能说爱因斯坦不是一个最大的做梦人！那么，螺旋形上升的楼梯上，隐身人背负的隐身死者脚上的鞋，又是谁的前生或者来世？它是完整的一双两只，似乎又获有应用的性质，因而收回辐射出去的隐喻，削弱神秘的未知，变成一双庸俗的黑皮鞋。可恰恰是这，使它更加悚然，为什么？因为它过于肖真。梦的原则就是这样，不可理喻的是常识。连气孔，鞋带，线脚，都是历历在目，一比一的比例……这一切，都暗示它正在归着醒来的存在，梦里的活物回进现实大约就是它们的死期，所以，它更可能是一双死鞋子！

第六个梦，是一只谄媚的猫咪，踩着四只小鞋子，悄然无声地行走，留下湿漉漉的鞋印。那鞋印里看得见脚指头，却又不是赤脚，而是透过鞋底，墨从纸上洇出来似的。多么古怪精灵的小鞋子！那两行脚印，就像两行花瓣，笑盈盈的花瓣；又像两行话语，说的什么？不知道；还像两串铃铛，听不见声音。是那前几个梦里的大鞋子诞下的小儿女？或者那双死鞋子的灵魂转世投胎的活鞋子？那些红鞋子，蓝鞋子，从有到无的鞋子，陷进去又脱出来的鞋子，是从它们长大的吗？那么说，它们原来是兄弟姐妹，后来失散了，也或许，天下的鞋子都是一个家族，彼此亲缘连接。看它们活泼泼地穿行在做梦人懵懂的意识里，忽隐忽现，忽往忽来，把做梦人当什么了？清醒时候不得已寄存在做梦人的脚，就像那种寄生蟹，到了梦里，反过来，做梦人成了寄生蟹，带着做梦人的脚，走到这里，走到那里。所以，看鞋，不能看久，看久会觉出它的妖冶。那死者脚上的大黑皮鞋，不过是把妖冶世俗化了，这样才能解释那个梦的惊悚程度。是不是意味着，接近解密的机关了？于是，做梦人，就是魔术的黑匣子，遮蔽着魔术的机关，用常识做标记，只是做的时候的意思，不是认的时候的意思。

　　做梦人总是及时地醒来，阻断天机泄露。醒里的经验一件都用不上，因为不对应。倘若反过来，把醒来当梦，梦作醒来，一切不都好好的？顺顺当当，理直气壮。因为是在魔术的核心，秘密的机关里。从这点看，梦更像是存在的实体。但是，醒来的占位却更大，它占据着主要的时间和空间，虽然，这只是表面的合法性。总之，不论怎么说，做梦人过着双重的生活，一半是实，一半是影，实体和虚影之间的通路是什么呢？是光。梦和醒的通路又是什么？找到通路也许就好办了，大约是白日梦。

白日梦里，听见有个声音没命地叫醒，就是醒不过来；有时候是反过来，醒着的，却向着虚空茫然。事物的变形其实就是在这一刻发生，进行，最终完成。可是又怎么知道，是什么变成什么？花鸟鱼虫，锅碗瓢盆，桌椅板凳，手指头的划伤，纸上的墨汁，咬不实的一口酥，褪颜色的五彩漆盒，不透明的玻璃，透明的一堵墙，故去的人，活过来的历史，一声不响的钟，大喊大叫的空房间，无形的活物，有形的魅惑，坚硬的河流，流动的大石头，冰冻的岩浆，燃烧的冰川……凡此种种，不知从何蜕变，又将蜕变成何物。其中，哪一个是鞋的侏罗纪？倘若有一个是，又经过多少纪年的进化，多少大年和小年，多少渐变和激变，多少大陆沉没，多少火山成堰塞湖，恐龙变禽鸟。抑或是反过来，那一切，其实是进化的结果，文明淘汰的碎片，废墟和残渣，鞋原来就是史前的生物，落在人类脚上的，其实是鞋的化石。

鞋在许多梦里穿行，羽翼褪化，退成软体，可以随空间变形，伸展拉长或者压缩收短，甚至从有到无，再从无到有，做梦人逮不着它呢！分明受着嘲笑、揶揄，还有诱惑。后来，我在故纸堆里找到一本释梦的书，出自某一位无名氏的手。无名氏自行设计一套破译梦境的公式，你可以说它机械，可是多少可以满足我们的好奇心。他假设每一桩梦中物都有一个指代：老鼠象征厄运；牙齿象征家中至亲，上齿是长辈，下齿是晚辈——前者比较直接，后者看起来有些不搭，其实倒很简单，就是从唇齿相依的成语中得来；谐音也是一个途径，棺材象征财富；冰象征疾病……那么鞋呢？算不算得上有意味的物件，算得上，却有些不搭，那就是，象征爱情。

2012 年 8 月 5 日　　上海

林窟

逝去的经验是如何埋藏在记忆里的？记忆的墓穴是如何挖掘，合拢，然后竖起怎样的纪念碑？碑上刻字还是不刻？未来的日子里又有几番回顾？沙滩上，如果十分留心，会拾到象形的卵石，像某一种动物，某一种植物，甚至一张人脸；曾经有山中的采药人，采到何首乌，恰似一对合欢的男女；那些成精的老树，想什么就像什么；最壮观的象形，大约就是海市蜃楼——氤氲运动，竟然呈现一幅人间景象，纤毫毕肖。看起来，这世界上任何一样形态，都有蓝图，或者说投射，抑或从一开始，就不是唯一，而是有许多许多，鱼撒子儿似的，漫天扬开，然后在生长过程中基因变异，转换不同的材质、体积、重量、颜色，从此离散，各在一方。茫茫然中，其实彼此都在寻找，这种寻找也许体现为复制。绘在岩壁上，凿着石头，手之舞之，足之蹈之，发出呜咽和叫喊，再将呜咽和叫喊归纳成语言，继而进化成文字，也就是人们所称之为的文明。文明大约就是企图复制，从不自觉到自觉。接着，艺术也来了，这是个顶不自然的东西，因它试图让自觉假装成不自觉。它真是一种假装，假装事物的本来面目，以为这么一来，就可以找到起源的初衷。它试图揭露复制，其实是在复制上复制，在文明上又覆上文明，干扰了进化的程序，迷乱了路径和方位。这也是没法子，我们找不到原始的摹本，只能做一个假的。

可我还是相信，同一桩事物，是可以体现在不同的形态上，比如粒子，化学元素，微生物，基因链……微观和宏观，抽象和具象，正极和负极，精神和物质，互相对应，互相照射。那么，假如记忆以另一种方式塑型，会是什么样的？记忆对于经验而言，似乎也像是人类的文明，它先是不自觉后是自觉地复制经验，从原形归纳成符号，一件家什用物，一股气味，一缕光线，最终光线收拢，合起，湮灭了。有没有与它对应的存在？将不可视变成可视，隐性变成显性，就好比在试管里滴一滴助剂，无形变有形。其实，说不定它就隐藏在物质世界的某一个角落，无数个世代，谁知道哪一个时刻，量变到质变，邂逅发生。邂逅发生之前，几下里各自度着岁月，都以为是独一份的。独一份的快乐，独一份的煎熬，独一份的爱和痛，独一份的挽留和绝迹。每一份个体都尽心尽意，尽职尽能完善经验，使其成为当下的形态，或者是地貌，或者是星相，或者一颗卵石，一片叶子，抑或是人生，不是结论性的，而是样貌。怎么说呢？直接的描述总是落入语言的窠臼——语言就是后天主动性所制造的记忆，它具有将经验整理归纳的能力，但同时也损失了经验的生动性。所以，还是要寻找一样相应的存在，或者将体量充扩到足可以笼罩，或者提炼定律公式，能够完全概括。

  为什么要有相应的存在，仅仅是为抵消孤寂感吗？是，也不是。是为发现隐蔽的细节，好来认识自身？有一点，出于镜相的原理，变我为他，主观变客观。更可能是因为相应的存在会揭示出普遍性，告诉我们所有的偶然性后面都有着必然性，必然性是亘古不移的意志，没什么商量，你可以说它不讲理，也可以说它讲的是大道理，不必告诉，告诉你也未必懂。那是一个蛮荒的世界，文明进化就为了懂它，事实上，文明的产物都是它的小小的微型的复制品，个别看惟妙惟肖，组合起来却大大走样，谬误百出，我们的经验就是其中之一种。经验的材质具有随机应变的弹性，柔软的表层下却是坚硬的质地，一旦成形再难改变，所以又像博彩游戏，机会多多，只可选一。博彩游戏不定就是从人生经验复制而来，看起来，文明进程中，还不停地将复制再互相复制。复制壅塞了我们的空间，混淆视听。就这样，经验就一步一步走上狭路，每经过一次选择，路途就狭隘一次，不可回头。偶然性走入了必然性，反悔心动摇着必然性：假如，事情从头来过，"假如"两个字本身就已经说明问题了，不是真实发生，而是假装。但也不能就此取消它的存在，它以思绪的身份纳入经验，经验的空间是多重的，最后再一同归入记忆。

记忆，这经验的存放物，究竟是怎样的形态？岩画；龟背上的鬼画符，最后变成我们的简体字，那是进化的终端；陶罐上的纹路；青铜器；游吟诗人的口口相传；野地里的歌谣；水坝和水库——村庄和街道沉在库底……那是人类文明，是后天的主动性的记忆显现，会不会有原发性的存在？不是溶洞，堰塞湖，岩石圈，云母，碳化物一类自然现象，而是在个体与天地之间——从长度来说，灵长类已经完成对智人的进化以后，自然呢，也形成适宜人类生存的环境；从广度来说，则不超出可视可听可感。总之，是从人出发。就是说，人在创造他的自然里面——假如我们将人当成对自然的某一种形式的复制，那么就有理由猜测，自然还保存有模型，只是不知道在哪里，又是何种样貌。各地不是都有神女峰，望夫石，五指山，五指河，阴山，阳山，这类人格化的地名地标，也许就是一种暗示；上古的传说，人是用泥捏成，又是一个暗示；再有那些《子不语》里的狐仙，蛇仙，蜂巢蚁穴的故事，是第三种暗示。植物就不必说了，有噬人花，含羞草，向日葵，雄花和雌花授受交合……那隐匿在深处的真相，一定会有一个彰显的形态。可能，就近在眼前，很轻易地骗过懵懂的眼睛，掠过去了。

退潮的海滩上，留下海螺，为什么不约而同都会拾起来贴在耳畔？海螺深处，传来呜咽声，传递出什么信息？这一种密码，谁能够破译？流沙的路线也是密码，大山的褶皱是另一个密码，声声提醒，提醒这，提醒那。可还是懵懂，错过再错过。许多信号交互穿行在我们的知觉里，就是唤不醒，不接受。可是，也许，累积起来，越来越多，声音就变得响亮。响亮的声音渐渐集合，最后，警钟敲响！当我走近林窟的时候，那钟声就正在最高频率上持续。

我后来才发现，大山的皱褶其实与一件事物非常相似，那就是大脑。听听那些名称：枕叶，顶叶，额叶，丘脑，桥脑，就可见出形状。还有，中国医学称大脑为"髓海",这个"海"字,真是形象,它有一种壮阔的气象。走在大山里,盘山公路一层一层向上,再又一层一层向里,公路就像柳叶刀,切开了山体。人忽然间变成小虫子,在刀锋划开的裂缝里速速地爬行,这小虫子有个名字,叫作思想。思想在大脑里,就像个,不,就是个小虫子,他爬啊爬的!爬过一叶横梁,爬上一座丘,再过一道桥。四下里一片寂静,肃穆极了。植被保护着山体,水土不致流失,因而滋养着小虫子。小虫子的踪迹,就是思路蜿蜒。却还是在表面,不知要经过多少路途,再要有契机,才能进到深处。山还是个大果子,切开果皮,果瓤,触到果核,使劲一敲,不是用刀这样的物质文明,而是更高级的,比方说禅机,一敲,直至核心——思想的核心就是人心,最经不起,伤不起,所以要由坚硬的壳包裹和封闭。你就沿着公路爬吧,不知到哪里,才是大山的心。

时间消失了,那矗立着的,一幢幢的,轮廓光滑流利的山体,分明是上古的海底,云雾是洋流,于是,空间也消失了。历史退去,裸露出白茫茫的虚空,未来的小虫子,在未来里爬行。所以,未来也来了,此时此刻却消失。小虫子真是长寿的东西,自由自在的东西,它不依附任何载体,兀自活动,人其实是由它,也就是思想诞生的。思想是从低级到高级一整个进化史，人是每一个阶段的小产物。可人是那么样一种主观的产物，以为其他所有都因他而有，因他而息，所以，就懵懂呀！那石壁横断面的岩层，植物的形形种种，各色土壤，时断时续的瀑布，从遗传链上断裂的兽类和禽类，都是起源的温床，小虫子是小胚胎之一种。山里行走，还会遇上一种小虫子，就是山里人。他们忽隐忽现，忽有忽没，走了半日未见一个，冷不防却迎头撞上。他们是更接近于本质的小虫子，也就是起源性的思想，他们颟顸的表情其实是傲慢，不主动给予启迪，让你自己去思考。就这么着，渐渐接近了林窟。

曾经有人去过那里，这名字传了有一段日子。顾名思义，那是在山的极深极密处，就像一个洞穴。可是，洞穴里有过沸腾的景象，什么景象？生活。生活的总量是一样的，只是单位分配不同，由于落差形成压力，某些部分稀薄到什么程度，某些部分就稠密到什么程度，林窟就是一个稠密的浓缩的点。炊烟四起，锅开鼎沸，山溪上的石板桥，被人脚磨去一层皮，物质交流，溃决了自然产出的周期，情欲溃决伦理，高树变成矮树，深土变成浅土，长流水变成短流水……很多短见的东西进来了，比如交易，经济，比如政治，行政，比如权力，意识形态……许多被排斥的生活挤压到这里，大大超出它的承载量，于是，存在就缩短了周期，进入仓促的状态，来不及出生已经消亡。这么看来，总量的概念是不错，可是分配的均匀度却是一个问题。急骤的循环中花飞草长，月落乌啼，小虫子都介入不进去了。亘古恒长在林窟这地方被分配，分配成时间，好与有限的生命对应，比如昼夜，季节，岁岁年年。那林窟，其实曾经是时间的盛器，舀上一勺子，然后窥见了，枯荣生息。当我走过林窟的时候，它那一勺子时间已经漏完，漏完，又归入亘古。

开始，并没有看见它，草木填满了山坳，太阳轰轰烈烈地照耀，空气干燥得几乎燃着了。那些性喜阴湿的蛇虫们全在洞穴里，夜晚的花朵也关闭着它们的宫腔。这时候的山，都有一种苍黄和老绿，高温榨干水分，炽烈的光照也让颜色褪白。而且，山形在高光下消失了立体感，变成平面，伸手就能揭开它似的。其实，我们一直在走近它，林窟。盘山公路一周一周绕行上升，有时是圆周，有时是阿拉伯数字的"8"字，将圆周拉成扁长，中间打一个结。再有时，是打两个三个结，就成了麻花状。这种时候，我们就离开了它，林窟，留它自己在山坳里。大山有许多山坳，在山与山的交接处，或者是干涸的瀑布曾经的落点，抑或陨石坠落，砸一个大坑，山地不是有许多地名叫作"坑"吗？谁知道那里的秘密。山川革命不像人类史，鸡毛蒜皮都要记录，记录历史也是对自然的复制，企图寻找变迁的由来。车越走越远，小虫子越爬越深，在丘体的褶皱里。回来是怎么发现林窟的？怎么发现那茅草杂树壅塞的山谷底下还有一个坳，叫作林窟。我们绕了半天都不知道有它，却忽然在某个点上发现了它！说起来似乎是命运，但命运总归要有具体的体现，我想，那就是牛。

牛，这种畜类，不能说是天地蛮荒的意味，但可说是人类文明的象征，它陪伴人类从不自觉走入自觉。尤其在这大河流域的农耕社会起源之时，这不知什么野东西就开始进化的脚步。它就是活化石！它行动缓慢，是为保存体力，将力量平均分配于各个受力面和阶段，这合乎种植的生产特性和土地的特性，是在广阔的时间和空间里运行；它有反刍的功能，也是为了保存，保存食物，又是一种土地的特性，有丰有贫，有裕有欠，就需要自身的消化进行调节。莫以为它是畜类就瞧它不起，以为它没有思想，它只是不说，不屑于说。它就像人里面的禅道，讲的是静修，无须语言交道。这不，此时此刻，它来启迪我们了。

山坡上忽然有了颜色，橘黄偏红，又偏褐，一片苍绿中显得鲜艳，亮丽，悦目。也是小虫子，但不是爬行的小虫子，而是驻守的，思想的源起。山里转了大半天，终于遇见活物了，这"活"并不相对于"死"，而是相对于"存在"。那沉寂的大山无关乎生死，是"永远"，而"活"则是"暂时"的意思。所以，遇见那些短促的一时间的活物，自然就要留意了。但显然的，牛并不特别在意我们，它可能对"活物"的概念更广泛，总之，来到山里，人，这样物种就显出了短见。牛的眼睛，它那双湿漉漉的眼睛里，草啊，树啊，虫啊，即便被烈日晒得枯干，依然有一股子活泼劲。看它死翘翘了，还会遗下子孙，可能此物非彼物，但就是它的子孙。要不，经过那么多科学家那么多实验，怎么就得出了"物质不灭"、"能量守恒"的定律？所以，是牛，牛的眼睛告诉我们"林窟"这地方。当然，凭我们的悟性，还不够直接读懂这消息，只是，活物见活物，两眼泪汪汪。

就在这时候，看见很深很远的底下，没见过就想不出，草木会长满山坳，将它填平——在草木底下，有一条极细而浅的印迹，流露出模糊的踪迹。横生的无名的枝条网住了入径，使劲拨开，露出几块石头，断续成山道。试着下去，草木立时埋了脚踝，即刻到膝部，再就齐肩，然后淹没头顶。有房屋的瓦檐隐现，好像坟冢，谁的坟冢？人这种快手快脚，短命短识的活物，自会逃离出来，携带着生活用品，可是过往的生活呢？能带得走吗？只能留下，留在记忆里。骤然间，一个念头闪过，是小虫子忽然长了翅膀，飞起来！原来，这就是记忆，记忆就是这样埋藏经验。那些亲历亲为，贴肤贴肉，当时如同刀绞，事后渐行渐远的体验，最终就这样被掩埋在草木丛中。草木这杂芜的，进化最低阶的物种，有着惊人的生长速度，它们不需要培育，因为一直保持有原始的生命力，它们会封锁刻意为之、精心浇灌的人工。当我们获得自觉性，无时无刻不在制造与积累起一种名叫"经验"的作物，又复制出"记忆"的作物，好像培育良种，以使繁殖，而终于敌不过漫漫荒草。纸笔文字记录下的记忆，那些书啊，信啊，被称作历史的累赘物，无论北方的爱情，还是南方的爱情，脚踝上的伤，还是心口的伤，痛还是不痛，怎么敌得过自然的生生息息！我没有下得到林窟，荒草绊住了脚，只能遥遥远望。从那几间瓦顶看，曾有人家居住，溪水从山涧流淌，供作饮用，坡地种植，那一条浅径可往返进出，将地里的产出换成盐啊油啊衣服和铁制品。现在，溪水干涸，人家消散，只有牛，已经是多少代的后裔，说它们是活化石呢！是经验的坟冢的守灵物。从这点看，我们的经验并未埋葬，而是转换成另一种生态形式。

　　林窟这地方决不是杜撰，它确有其地，就在括苍山脉之中，沿楠溪江一路进去。方才说的曾经有人去过，那人就是我妈妈，去的时间在上世纪的七十年代。相隔四十年，我于二〇一二年走近它，走近它，然后弃它而去。

2012年8月16日　上海

恋人絮语

这么多声音里，哪一句是恋人絮语？

　　城市里的建筑，都是回音壁，所谓市声，就是回音的总和。建筑的立面撞击着声音，不一定是单一路线的来回，更可能是三、四、五、六，无穷无尽回环交叉的反射。由于建筑材质硬度密度不同，回音的效果就也不同。有时候减弱，有时候增强，无论减弱还是增强，总归是变形，与最初的声音完全不同。所以，我们千万不要相信我们的耳朵，耳朵接受到的讯息其实并不针对我们的问和答，是不相干的。许多恋人絮语就这么错接和错失，坠入虚枉。

　　所以，也许应该到别处去倾听恋人絮语——我用了"倾听"这两个字，是依从积习，事实上，"到别处去"就是到别样的感官方式里去。已经说过，听是不可靠的，市声嘈杂，从中辨识出哪一个声音是对我们而言，几乎不可能。何况，恋人絮语是那么一种暧昧又简单的语言，说暧昧是因为它的意思并不在于它说出来的那一句；说简单则是它的意思就是它说出来的一句。它又是谜语的谜底，同时也又是谜面。它本来就真假难辨，哪里再经得起回音壁的魔术。回音壁就是一个魔术，它砌起来的迷宫，让人永远走不到目的地，所以我们只得去别处"倾听"。去哪里？恋人絮语最合适在的地方大约是夏天的林荫。为什么是夏天？因为学校里都放了假，街上再没有赶路的小孩子，最活跃的分子进入亮晃晃的夏眠，光线强烈，投影鲜明，闪闪烁烁，其实是恋人絮语遍地生烟。

日头升高，梧桐树下洒了一地碎日头，蝉在叫，严格说不是叫，而是翅翼摩擦，那满地的碎日头，就是被它震落的。梧桐树不也叫悬铃木？所以，碎日头也是金银铃铛，嚓啷啷落下来，变成一张网，晶莹，眩目，随风摇曳，那是情网。布在街面上，从街边到街心，从这一岸到那一岸，整条街全叫它网住了，人就像鱼，缠在里面，挣也挣不出来。那网眼里的白灼光，就是人的鳞次，不是说人最早的生物形态是鱼吗？那鳞次从有形进化到无形，最后就只留下些影了，此时又被日头洞穿，变成亮。这是成片的，还有一团一团，在弄堂里，不是梧桐树，而是夹竹桃，让院子的矮墙切成里一半，外一半。都是情网，那成片的笼罩全局的是抽象，成团局部的是具体；有宏大叙事，亦有窃窃私语，都是恋人间的情话。在漫漫白昼的梦魇里，睁不开眼睛，半明半瞎。夹竹桃下的投影要纷繁缭乱些，不像梧桐的影布局均衡，有对称感，可奇怪的是，光斑的形状各异，芯子中央的那一点，都是一个圆，圆周率为 3.14159265358979323846……，因是来自同一个太阳的球面光源，无论走过多少光年，落下的那一个点依然是球面，那就是恋人的同心结。夹竹桃这名字倘要追溯渊源，最远可至诗经中的"桃之夭夭"，不是意喻"之子于归"吗？进化到这水泥墙垣中，进化不只在时间，也在空间中完成，到了这里，果实没有了，"于归"的喻义也没有了。进化的同时，有一部分特质不也是在退化吗？在夏季的学校放假的冗长的日照里，从林荫一团团的斑驳穿行，走到哪里，哪里都是，披挂了一头一身，除了恋人絮语，还会有什么如此缠绵？除去梧桐树和夹竹桃，还有壁上的爬墙虎的林荫，墙头的狗尾巴草，砖缝里的寄生物，蒲公英的种子飞得漫天，是空中林荫，细碎的亮和影四下里都是。这样弥漫，没有边界，也没有用途和意义，除了恋人絮语，又会是什么？

绰约,弥漫,暧昧,闪烁,明暗对比的特性,还有一个适得其所的空间,在哪里?电影院。应当说,这个空间带有模拟的性质,可它差不多抓住了本质,人工的大匣子,四壁隔绝中,摄入光和影——什么能比得上它具有以上的特性?将光和影封闭在匣子里,有限中假设无限。越过观众席的上方,那晃动交互的光柱子,直抵银幕,竟然是人和物的形状,完全合乎我们的常识。千万,千万不要走到银幕背面去,那就要拆穿西洋镜。进化真的了不得,它可以从有到无,再从无到有,还可以从此物到彼物,再从彼物到此物。太阳地里那些散漫的自由的无定规的黑粒子和白粒子,在这里组织起来,变虚无为实有。就像进化还未彻底完成,偶尔会出现的返古现象,比如说,一条尾巴。电影院这地方,上演着真假难辨,以假乱真的情节的黑匣子里,那光柱子剥落下的一些屑粒,犹如尘埃和飞沫,翻卷四溅,就是原始的恋人絮语。银幕上演绎的都是不相干,相干的私底下暗潮涌动,是将银幕上的图像重新拆成黑白粒子,还原,还原,还原成基本元素,光和影。可我们为什么不直接从太阳地里攫取基本元素,还要到电影院里来?是因为电影院的光和影是我们日常可辨识的形态,就是银幕上的假象,骗得过我们的眼睛,恋人絮语可不是要骗人眼睛的吗!

它假装常识，其实呢，是非常识。可以说，常识是什么，它偏就不是什么；常识不是什么，它偏就是什么。电影院先将假象给我们，由我们自己拆穿西洋镜，凡拆得穿的，就不是，拆不穿的，才是恋人絮语。

　　电影院的建筑是专门的一种，滤光滤色，将个大匣子清得干干净净，空空荡荡，然后再盛上假东西。这人工的假东西，依据仿真技术，仿的真够真的。你不得不承认它对真实有认识，窥得破真谛。当银幕还未亮起，或者方一暗下，四周黑漆漆的，这仿真的黑夜比真的黑夜还黑，因所有的城市都是不夜城，所有的黑夜都是不夜天。除了黑，而且寂然，没有声音，声音是有的，是二万赫兹以上的频率，所谓超声波。假如我们是蝙蝠，就可以听见，听见恋人絮语，它在极高极高的万米高空振动蝉一样的翅翼。所以，电影院正和回音壁相反，它人工制造一个无障碍世界，提炼絮语的材质。可是我们不是蝙蝠，我们什么也听不见，人类真是蒙塞，需要文明推动。仿制一个假的，让开蒙者循序而入接近真相的原理。只是原理，具体的触及不着，只能从抽象着手，先找到原理，再剥开来，摸索理路，到大千世界进行对照。

　　假如我们还是"倾听"不到恋人絮语，那就再转移一处，也许絮语有着无数变体，就好像在与恋人们捉迷藏。有一种捉迷藏不知你们记不记得，就是将捕捉手的眼睛蒙上，藏的人喊着"我在这里"！循声而去，那淘气的孩子早已闪开，一扑一个空。捕捉手被引到这里，又引到那里，不禁气恼起来，耍赖地扯下蒙眼布，就在这时候，所有的躲藏者悄然在了眼前，一个一个看过去，不晓得"我在这里"，到底是在哪里。这游戏还可以叫作"蒙人"，让人蒙在闭塞中，四处都是"这里"，却永远到不了"这里"。就好像，全世界的絮语全合谋起来，专门捉弄恋人。它究竟在哪个"这里"呢？

捉迷藏的歌谣，也就是迷魂汤，有许多种，另有一味是："笃笃笃，卖糖粥，三斤核桃四斤壳，吃你肉，还你壳，张家老伯伯在这里吗？"这一回，"我在这里"变成问句，"我"呢，确定为"张家老伯伯"，可问句使得事情更混淆，似乎谁都不负责了。提问式的歌谣还有："老狼老狼几点了？"时间的事情为什么要问老狼？不明白的事物又有："马铃铛，马铃铛，大家一起马铃铛"，马铃铛是什么？前句里是名词，到了后句，成了动词。再有一种，表面说的一件事，底下又暗示另一件："小弟弟小妹妹让开点，敲碎玻璃老价钿"！"玻璃"这样东西像是隐喻，试想想"玻璃"敲碎，落了一地，不是"老价钿"的问题，而是一地金银，不就是太阳底下的林荫，小弟弟小妹妹总是在夏天里到弄堂活动，放暑假了嘛！所以，谁说得准呢，那童谣里的"玻璃"就是恋人絮语。老狼和马铃铛也很可疑，老狼和时间有关系，时间还有一个名字，叫"光阴"，马铃铛又是不是悬铃木的"铃"。糖粥，核桃，核桃壳，简直疑影憧憧，至于张家老伯伯，更神秘了。我将它当作一条密码，试着破译。"糖粥"是不存在的，只为引出"笃笃笃"的敲击声，敲什么？敲核桃。极有意味的，接下去是问"张家老伯伯在这里吗？"难道张家老伯伯是住在核桃里？核桃是什么呢？"核桃"是马路边弄堂口的邮筒，信就是其中的三斤核桃肉。"吃你肉，还你壳"，掏出信，邮筒关上，就是这意思。

看见吗？人车的涌动中，有那骑着绿色自行车，穿着绿色制服，像个青绿青绿的小蚂蚱似的邮递员，在大街小巷穿梭，都是来自邮筒的信使。那斜挎的绿色邮包里都是最私密的话，不是说出来，也不是闪烁出来，是将消息的声音或者说光影模压成薄薄的无声无光的一张，上面写着绿豆大小的字码，就像鬼画符。

字这东西，说它鬼画符也有一半对。古书上不是说，仓颉造字时，天降粟米，鬼神哭泣。至少在外形上，字和稻谷有所相像，都是一粒一粒，落地生根，开花结果，一个落在田里，一个落在纸上——纸也是天工开物之一种。田里的收成是庄稼，纸上的则是庄稼的秘密，这就是神鬼哭泣的缘故吧！泄了天机。可是，人实在蒙塞得厉害，写在纸上的文字无计其数，那一粒一粒的单音节，好比蚕吃桑叶沙沙沙响，却还是参不透内中机藏。所以，这城市邮筒多呢，东也是一座，西也是一座，蚂蚱似的邮递员没命地奔波，单从手指缝里漏下的文字就有稻米的多少倍。可是，我们依然不知道，哪一句是恋人絮语。文字这一种文明的产物，是极精准的符号，而恋人絮语却漫无边际。说是"絮语"，指的也是形状，它是一种絮状物，而文字光滑干爽，拾起来是一粒，落下去是一片。它至少筛过两遍，第一遍筛去的是所思所想，第二遍筛去表情表意。我们写得越多，筛得越多。所以稻米的秘密还是在稻米里，文字反而将秘密藏得更深，好比象形字不停地简化，简化，简化到谁也找不到象形的原物，神鬼哭过一声之后便是窃笑不已。但是，无论多么辞不达意，也阻挡不了人们书写的决心，这也是进化的尾巴。无论文明将存在删减得多么简单扼要，原始的表达欲望并没有熄灭，邮筒这东西就少不了，小蚂蚱也少不了。许多辞不达意的文字在他的信囊里，带到四面八方，结果错中错。

有没有发现，世界上有许多字谜，就像捉迷藏的游戏，这里的"捉"叫作"猜"。那躲闪的活泼的淘气的小东西，本事更大，会障眼法，隐身术，还会摇身一变，老母鸡变成鸭！字谜是回音壁的另一种，反复交错地折射，从这个字找那个字，从那个字找第三个字，第三个字里又是第四个，离开其初的原意就越来越远。比如那一个——"倚阑干东君去也，刹那间红日西沉，灯闪闪人儿不见，闷昏昏笑话无心"，谜底是一个"门"，谜面却是"阑""间""闪""闷"四个字，加上"门"里的"东""日""人""心"，又是四个。这一堆字里，哪一个是恋人絮语？还有那种纵横字谜，完全不相干的人和事，上下来回，多义字打成同心结，又是一张网，网得住什么？想网什么，什么准从网眼里漏下去。邮筒不过是截流，截得住截不住也难说。

除了邮筒这绿核桃，还有一种红核桃，叫作电话亭。电话亭几乎是文明进化的终端，它不仅隔离了回音壁，使声音不再无序地反射来反射去，甚至，更进一步地过滤频率震动产生的颤波，乘着电波电流直抵目的地，最先进的是，它给特定的话语通路加密，就是电话号码，由数字组成。数字，是比文字更加抽象的符号，有限的几个数字，因排序变化，就可有无穷尽的内涵，它们阻隔与沟通了话语的传播。说是红核桃，其实不完全是，红色只是结构框架，块面却是玻璃，敲碎了不得了的玻璃，这是看得见的遮蔽，看不见的是电话号码。电话亭才是个过滤器，它将所有一切误解都排除出去，只剩下那些最没有歧义的。难说的就在这里，那些被排除出去的因素，也许就是恋人絮语。隔了电话亭的玻璃壳，看那打电话的人，机密地絮叨着，就像核桃里的仁，别以为"絮叨"就是絮语——那会不会就是"张家老伯伯"？歌谣里的他，就像一个圣诞老人，背着礼物包，一个大核桃，送给听话的孩子，可恋人絮语往往是"不听话"的那类话语。

电话亭的大红核桃里，恋人絮语又回复到声音的原型——走过太阳地和电影院的光影，捉迷藏的歌谣，邮筒和邮递员的信囊，又在字谜里转一遭，钻进电话亭，还原了本来面目，却是从几千几万种声音里筛选出来的一缕。你以为万无一失了，可是那不可目测的途经，又有着多少超出视听的赫兹，那是看不见的回音壁，折射来折射去，其实又成了历史的宏大叙事。倒是那些接不通的，嘟嘟嘟的忙音，或者嘟一声，停一停，再嘟一声，无人接听的信号音，好比"笃笃笃卖糖粥"的敲击声，说不定潜藏着一种可能性，就是恋人絮语。如此一来，事情真就坠入虚无，恋人们，究竟在哪里说话？有没有恋人？它们真是这个世界的隐身人？彼此听也听不见，说也说不着！那建筑和声波的回音壁，产生的总和，超越二万以上赫兹的频率中，总会有那么一个缝隙，泄露出一点真情。

有一个奇异的记忆，刚记事的时候，仿佛是一种幻觉，但又未必，那就是，万籁俱寂之时，有轮船的汽笛鸣响。这地方号称港口城市，但只是名义和理论，事实上，我们都住在城市的水泥芯子里，水泥的地平线上，从来看不见桅杆，江上汽笛能透过坚硬的壁垒，进入腹地吗？没有人相信我的话，都说是小孩子的谵妄，来自梦魇。一个人的没有旁证的梦魇，可是一点不感觉惊惧和压迫，而是甜蜜，欣悦，还有忧伤。梦魇穿越重重回音壁，在临界超声波的赫兹频率上，送往不可预见，没有命名的空渺中，大概，就是恋人絮语在飞行，它越飞越远，随我们长大成人，逐渐销声匿迹，终至全无。

2012 年 8 月 27 日　上海

闪灵

飞机飞入布拉格上空，正是满城灯火，空气澄澈，就能看见光的碎粒子。那一颗一颗的光粒子，不见得多么亮，而是透，可穿通黑暗，形成比头发丝还要细的深长隧道，是光丝。无数光丝交互，却没有一丁点儿洇染，所以，就不是光晕，你能看出光的肌理，几乎触摸得着。那颗粒状的发光体，边缘清晰，内核饱满，就像丰收的谷粒子，撒下来，四溅出去。飞机盘桓着下降一层，那光粒子就近一层，量和质没有因为距离改变而改变，依旧是原样——对于光速来说，这些个距离算得上什么！还是在范畴之内，但你还是不能不受到影响，它们似乎在了你的周边，扑打着飞机的舷窗，让人吃惊不小。接近地面，在参照物对比下，速度呈现出来了。飞行在将要结束的时候方才获得飞行的外部形态，所有的东西都在狂舞，光粒子是泼过来的。然而，就在着陆的一刹那，光粒子全退去，退到地平线后边，所有的迷乱都偃息下来，平静了。飞机在跑道上滑行，隆隆的发动机声灌满舱内空间，也可以说是寂静之声，寂静发出声音来，就是这样，震耳欲聋。光粒子又升上地平线了，在那里，沿着一条平行线跳跃。那就是布拉格的灯光，等着好奇心潜入进去，窥探究竟。

现在，飞行器换作了陆行器。汽车穿行在灯光里，那光粒子疏散了许多，但却个体鲜明，几乎要说起话来，说什么呢？不那么正经，却也不是淫邪；是佻㒓，且不失天真，就像那些调情的话，公开的昵语。于是，在狎昵的光里，一路过去。那一粒一粒的光，简直要跳到你身上来，终于没跳上来，戏噱地，闪一下，又跳回去，分明是精灵，调皮古怪。缠绵一时，破路而出，进到要去的地方。登上楼梯，推开房门，揭起窗帘看一看，光粒子又扑过来，窗玻璃上一阵响。赶紧放下帘子，它就在帘子上塞窣，用它的小爪子，利得很，又温柔得很，在撩拨你呢！你只有闭紧门窗，上床钻进被窝，不作搭理，可它们入梦来了！这一晚的梦，波光熠熠，全是光小耗子在作祟。一觉醒来，天光已经大亮，小耗子们全退去，静极了。然而，就在方才，它同你说的话，话里的机密，也全退去，一点痕迹也没留下。

　　天光就像光里的尘埃，贴地而起，弥漫开来，四处都是。那是原始的光的形态，不像灯亮，经过人工的打磨。人真是奇异的存在，它们耐心地、坚韧地、一代一代学习本事，锻炼手艺，于是，许多东西从无到有，从有到更有。原始的光显然是散漫的，不拘形式，落在哪里是哪里。所以，枝头一点，墙头一点，花一点，叶一点，眼泪里一点，笑靥里一点，尾翼上一点，一振翅飞走，那一点便成一线，化为漫天云彩。天光里，灯全岑寂着，人工哪能与天工较量？这些仿品，赝品，小伎俩，只可在天光偃止时候，趁虚而入，带着鬼祟的表情，蹑着手脚。你看那，暮色浓重时分，路灯一盏，一盏，一盏点起，由晦暗到微明，从微明到薄亮，再从薄亮稠厚起来，就是那蹑着的手脚。

　　从皇宫到查理桥，再从查理桥走上查理街，最能见出那抖索的心。街道很好，也是人工所制，在茫茫空间里开辟河床，筑起堤坝，盛着灯光，满满的。那样鼓鼓的光粒子，从黯淡的天光里筛下来的，将毛毛糙糙的破边和残屑筛去，只留下个大颗圆的。眼看着要滚开去，却没有，都嵌着呢，网住了。嵌在什么地方？玻璃！玻璃是光粒子的家，你看街两边的玻璃铺子，橱窗里，货架上，从地面堆到天花板，全是玻璃，可不是一张网？透明网。光遇到玻璃，可说遇到了冤家，它是光的捕猎手。光呢，是玻璃的猎物。类似爱那样，本来漫无边际地流淌，不料一下子被攫住——那玻璃上的镌刻的锐角，就是猎手的铁套子，将散漫的情欲扣下来，掬起来，镶在网上。说是网，其实是河床里的水，网格子是水的肌理，就是光粒子。就这样，纳入河床，从此有了来历和去向。

镌刻的刀，可以说是人类发展史里的二元悖反论。知道石器时代吗？人类走入文明进化，标志就是使用工具，最初的工具是石头。从旧石器时代到新石器时代，又走过几千年，粗笨的石器变成精巧的石器，钻眼，凿孔，切削，打磨。所有的石头中最坚硬的一种是金刚石，金伯利岩是它的母体。蓝色的母岩腹中，怀抱着透明的子石，金刚石。能够镌刻玻璃的工具，唯有金刚石刀，可见玻璃有多么坚硬——倘不是高密度，怎么盛得住光这样渗透性的物质——但那是人工的坚硬，到底敌不过自然。历史在这里又走了个回头，向天地臣服。然而，问题又来了，那就是用什么去凿金刚石！原始与文明一旦相逢即刻悖反，证明人工的有限，也证明人工可能迂回前进，这真是太有戏剧性了。那玻璃上各种角度的镂雕，云形、花形、立体几何形，依着古希腊起始的美学观念演变成现代格式，最终付诸于实现的是石头——石器时代的产物，所以说，无论走到多么远，还是被元初的手攥住了。

光粒子是从光的原初形态，天光中进化而来。倘若没有天光，爱迪生从何而来亮的概念？人们从何得知什么是亮什么是暗？天光是灯光的摹本，同时呢，也是灯光的原始材料，就像金刚石来自母岩金伯利，然后才有金刚石刀。天光是灯光的母体，被人工提炼出某一种单纯的能量，无限累积，喷薄而出之时，陡地罩上玻璃，网了起来，看，玻璃又来了！玻璃是光的盛器，那光本来见缝就钻，如水银泻地，如今一丝一丝，全兜起来，漏不出去，没有一点流失和浪费。何况，不只是一层，而是好几层。第一层是玻璃灯泡；第二层是玻璃灯罩；第三层就无穷无尽了，是那玻璃器皿的镂刻，那立体几何形的剖面，有的是针尖那么一点，有的是头发丝那么一线，针尖里还有针尖，头发丝里还有头发丝，以强克强地切割开来——这是最后的归宿，同时呢，又是新生。光一旦进入这里，就开始向四面八方奔赴，这奔赴不停受阻，障碍物是什么，还是玻璃，布拉格就像个打碎的玻璃器皿，碎渣子落在地上，又飞扬起来，四处都是，怎么能不妨碍行动？光从这个剖面走到那个剖面，从这个棱角走到那个棱角。你知道，光这样东西生性就不安稳，可以说它轻浮，轻浮到像一个肥皂泡泡，肥皂泡泡不是透明的吗？只消吹一口气，就飞扬起来，手一触，破了。不是破到无形，而是破成一串小泡泡，最不灭的物质！这种轻佻的亮东西，就像爱情，又脆弱，又韧劲，看似幻灭，却又再生，危险得很。弄不巧，就攥住了你的人生，乃至命运，可千万别让它追上！

单从这点物质性来看，布拉格的灯光就足够不同凡响的了，事情却远不止此！布拉格还有一样东西，这东西怎么说呢？我们中国人的传说，工匠用泥巴捏成人形，毕真毕肖，终是个泥胎，必要由神仙吹上一口气，泥胎方才活起来，变成了人——这口气，布拉格也有，就是木偶。远的不说，就说查理街，那玻璃铺子隔壁，都是木偶铺子。铺子门前，木偶被扯着线，乱蹦乱跳，转圈打旋，翻着筋斗，扮着鬼脸，那木头眼珠子，黑漆漆的，纹丝不动，藏着多少狡黠。于是，就又多出一种材质：木头。要说，木头这材质的性格是颟顸的，怎么会和冰雪剔透的玻璃沾边呢？追根究底，就要从渊源里说了，木头的前身是什么？树，不是有"树精"这一说吗？根扎在地里，杆长在地面，枝和叶伸向空中，风餐露宿，日月精华凝聚于一身。别看木头呆——这多是出于成见，其实，却是个活物。

将它做成个木偶，是给那活气塑个形。为什么是人形？好来骗人啊，是个障眼法，木偶是树精的小雏儿。

所以，在那人形的木头块里，不知藏着个什么灵魂！那人形，或许只是某种存在的变体，因是由人手塑造的，难免由己及彼。就像那个著名的意大利木偶匹诺曹，是被老头儿盖比都做出来的，他怎么说来着？他说："我带了这东西到世界各处去旅行一次，好骗一口饭吃。"这不是真情告白吗？查理街上比肩接踵的木偶铺子里，上蹿下跳的木偶，都是小骗子。别看它们被线扯着手脚，受着支使，其实是看不起人类的，木头肚腹里都是耍弄人类的坏主意。他们的老爹盖比都早已经安息了，老妈还在，是谁？就是那个大篷车的女当家。查理街上的巷子深处，有一所木偶剧院不是？还是国家木偶剧院呢。说起来可不好笑，居然是"国家"！木偶这一回可骗大发了，骗到"国家"头上了。就算是国家剧院吧，国家剧院的票房就设在巷口，一具木板房子，高二米，宽和长一米，正像一具竖起来的棺材。棺材板上开一扇窗，一个女人就从窗口探出头来，这就是它们的老妈。

老妈一头又厚又重的黑发直垂腰间，穿一身黑衣服，眼圈画成深棕色，嘴唇也是深棕色，衔着一只长长的黑色烟卷。显然是意大利人，文艺复兴时期意大利油画上的圣母，都是这样的长相，据说都是从菜市场上拉来女贩子作模特儿，画家穷嘛！再加上，木偶的家族也是发源在意大利。那意大利老妈从棺材里探出头，目光如炬，横扫查理街，看准一个人，就说："嗨！"很奇怪的，凡被她对着说"嗨"的人，一律乖乖地站住脚，向她回望过去，分明施了定身术。然后她将头一摆，烟卷的火头在空中一划，缩回了身子，不见了。而你就知道她在棺材里面等你，而你非得过去不可。走到棺材跟前，更没辙了，一定得买下她的戏票，无可抗拒的。她告诉你，这是一出古老的剧目，演了有一百年，大篷车走了全世界，像你这样的好人，聪明人，有缘的人，命运一定会把你带过来！她很慷慨地接受任何一种货币，这就使得"国家剧院"这名字变得可疑起来，似乎在"国家"背后有着更大的无隔阂的空间。更诡异的是，倘若没有任何一种货币，信用卡也行！她有刷卡的机器呢。果然，她亮出一架刷卡机，我们身在哪个历史阶段啊！巫术时代和数字时代完美地衔接起来，空间和时间打通了，形成一个混沌世界。老妈的眼睛在黑色睫毛的丛林深处看着你，于是你自然就掏出钱或者信用卡，交到她手中，换取一张通行证。

巷子的深长也是让人惶惑的，好像时间的隧道。

终于走到一座木头房子，上了楼梯。楼梯是螺旋式上升，上升，一径上升，又好像要到空间的深处。那里有什么等待我们呢？木偶。这一出经久不衰的木偶剧，名字叫《唐·乔瓦尼》——这就到了西班牙，又到了中世纪，所以要穿越时空呢！看着木偶们放肆地表演情欲，就好像讽刺人类。人们被他老妈骗来，就专是来受嘲弄似的，你说它们鬼不鬼。

　　说过了木偶，还是要回到玻璃，我的意思是说，木偶怎么和玻璃勾搭上的，这是什么样的奇缘。方才说过，别看木头呆笨而且口讷，可它有一颗树的心，那心可就难琢磨了，你都不知道它在哪里。你以为在枝头，结果花开了；你以为在花蕊，蜜蜂却飞来了；你以为在蜜里，露水下来了；你以为在晨曦，结果呢，树悄悄添了年轮。那是非物质性的物质，好比"灵"一类的，它们无影无形，无迹无踪，你捉不住它们。你伸手去捞水中的影，结果风吹起你的篷帐；你按住篷帐，结果雨下来了，摊开手心接雨点，天边却出来一弯彩虹；眼睛追彩虹而去，却不料，背后平地而起海市蜃楼。真是淘气，古怪精灵，你缠不过它，只有认输。可那只是你，人！人的愚笨自是不消说了，进化中付出的代价又是祛魅，"魅"这样东西，可是与"灵"骨肉相连。玻璃则不同了。

玻璃是盛得住光的容器，光这亮东西，也是有灵的质地，其中的悖论是，它恰是由人制造。事情就是这样诡异，人将自身的原始性褪下来，存到他者身上，从此，世界从一元变成两元。进化就是一个离心器，将人的属性分离和归纳，于是，一个它就分成你、我、他。就这样，人将"魅"的一部分，制进了这一种闪烁、透明、密度极高的存在——玻璃，它能盛光，就也兜得住树精的小雏儿。任它怎么逃逸，总会兜得住一丁点儿尾巴。大部分从筛眼漏跑了，一些儿较为粗糙，或者说较为迟钝的，留在了玻璃里的光的网上。所以，布拉格的灯光是有魅的。那些个光粒子，都是活的，这与玻璃有关，玻璃呢，与隔壁的木偶有瓜葛。看起来，它们两不相干，还格外的冷淡，那都是假象，内里的诡计谁知道？我不知道；你不知道；他不知道；玻璃铺子里的伙计不知道，他们都是嘴皮子有功夫，心却是一颗糊涂心；车玻璃的工匠不知道，其实他已经接近真相了，可惜人在事中迷；木偶戏班的老板娘知不知道——很难说，她成日价坐在棺材里，不知坐了多少岁月，看她的眼睛，深邃得看不到头，她可能知道些什么的。

光，玻璃，木偶，这三者的合谋是什么呢？它们的原始性加上文明程度，再加上现代性，孕育的果实是什么呢？我说是爱情。不是爱情里忠贞的一种，而是轻薄的快乐的天性，闪灵的那一种特质。它璀璨极了，也锋利极了，这锋利一不小心就伤了人，但绝不是存心，而是极度的渴望，渴望爱。于是将许多不爱，或是略微逊色的爱，全牺牲掉了。它们全力以赴而向的爱是极度的爱，最顶尖的锐度上的一点光，不可持续，变幻不定，刺痛了肉眼。从这个锐度跳到那个锐度，那个锐度跳到第三个锐度，同时又有新的光补上，犹如轮回。不会有空缺，总量是不变的。重要的是总量，总量是恒定的，必须在更替中才可保持总量，因为任何停滞都会流失质能。这就能解释从上空看，光粒子全面铺开，兀自滚动跳跃，落下，弹起，一片哗然。等到天亮，太阳从地平线升起，渐渐高照，于是，光粒子偃息了。切莫以为是熄灭，这是光粒子在呼吸。呼吸的频率是以昼夜为周期，这是对自然的模仿，企图模仿它的大手笔，模仿永恒秩序的巨大节拍。仿造出一个假天地，假天地里的真生命。

2012 年 11 月 1 日　上海

游戏棒

我在巴黎左岸的小街上,一个小铺子的橱窗里,又看见游戏棒了。

我应该怎么称呼那铺子?橱窗里,除去游戏棒,陈设的有扑克牌,国际象棋,仅仅是这些,倒好办了,我可以称它棋牌铺子,可事实不只这些,还有骰子。与骰子配套的,是一副小型转盘,分两层,底下大,上面小,面上画着航海罗盘似的图案。明眼人一看就知道,这是赌具。那么,可不可以称它赌具铺子?倘若是这样,那些棋牌游戏就都有了博彩的性质,连游戏棒也脱不了干系了。所以,当这熟悉的物件进入眼睑的时候,很快,又变陌生了。

许多时间流淌过去,几乎看得见水影波光,投在上面的眼眸,落英般地顺势而下,而我溯源头而上。

"熟悉"这一个物种,就像菌,这生物界的低级类群,以腐生和寄生的方式摄取养料,在最不起眼的角落里,不知不觉中,遍布四下里。此时此刻,"熟悉"就在滋生滋长,蔓延开去。这街道仿佛来过,似曾相识。尤其下午四点钟光景,日头斜下来,"熟悉"便在光里洇染开来。光里面有飞絮在翻卷,就是那么屑粒的"熟悉"。可是,在哪里,什么时候的际遇呢?在这毛茸茸的光——有一种弹性,许多"熟悉"在肌肤上眼睫上头上发上跳着蹦着,痒酥酥的,忍不住要笑出来,可是,眼睛却湿润了。多么亲昵的小东西啊!骨肉相连的。再继续说那毛茸茸的光里面,人流通过,人脸上带着疲倦又兴奋的表情,下班了嘛,休息了嘛,生活的另一部分,或者说真正的生活即将开始。电影院门口排着队,是享受人生的序幕。还是"熟悉",要知道"菌"生长的过程是化腐朽为神奇,这可不是"熟悉"吗?先死去,再从尸骸上开出花。后来,我为这制造"熟悉"的光线寻求到物理上的解释,那就是受光体的材质问题。我所居住的城市,建筑翻新,原先的砖、石、外墙涂料,以及涂料上的拉毛,在新科技推动下逐渐演变,变得密度极高,甚至直接运用金属和玻璃钢材,那都是溜滑溜滑的质地,光线从上面一泻如注,或者强强相逢,火并一场,四射而去,我们的光感已经被偷换了。到了巴黎的街头，那昔日的光照使得旧景重现，源头就是建筑材质——要知道，上海的西区曾经是法租界。先发展和后发展就是这一点不同，一个不进不退，一个不进则退。所以，我的"熟悉"被我朋友扣上一顶政治帽子——后殖民情结。

与游戏棒邂逅发生在上午九点十点光景，"熟悉"这样物质还在休眠中，不到风起云涌的时间。所以，空气是岑寂的，那赌具铺子——请允许我这么称呼它，我对博彩游戏没有成见，甚至认为它在某种程度上是对人生的摹仿。我们每做出一个选择都是在押宝，每一个选择都是从无数同等的条件中产生，被分配到几率或者无限的小，或者一半对一半。前者的难办显而易见，后者其实更不好办，无论几率有多大，一旦选中和选不中，结果不还是百分之百？心理的压力也许更剧烈。所以，我更愿意将那小铺子叫作赌具铺子，虽然它还具有儿童玩具店的色彩，在那些个赌具后边，还有一架小孩子学算术的教具，类似我们中国的算盘珠子，一颗一颗木头核子，横穿在木头杆子上。但这只是形式上相仿，本质却相差甚远，我们的算盘珠子代表的数量是相对而言，而这里则一是一，二是二，这也能看出西方思维的机械化。那一架计算的教具立在橱窗的较深处，我将它理解成概率中的数字规律，这不全对上了？这时候，赌具铺子还未开门，紧闭的门脸流露出一股子疲态。这城市的上午就是这副德性，搭眼就知道一夜无眠，宿醉未醒。这时分，整个城市都是苍白的脸色，你可以说是晨曦，好吧，就算是晨曦。晨曦中，它还睡着回笼觉，做着临醒之前的梦。那梦多半是比较清晰的，拖尾到醒里面，留下一鳞半爪的记忆，这就是晨曦有一种晃动的光影的缘故。巴黎左岸的晨曦延续得可真久啊！太阳都上一竿子了，从地平线上射过来，晨曦破开一角，我看见了游戏棒。

这是第一个醒来。这一个"醒"也像一个"菌"，在阴湿的环境中，翻卷出深色的叶瓣，越扩越大，空气里充满肉眼看不见的有机物，供养"醒"这类菌种。从它开始，四周的物件也褪去苍白的惺忪的睡意，变得鲜明。"醒"蔓出橱窗，向小街铺过去，那石卵路面，骤然间，揭开一层膜，暗影的膜，裸在阳光里面，所有的边缘都发出光来。说实在的，熟悉感在消散，就好比一种菌吞噬另一种菌，就看当时当地的气候环境更适合谁。前面已经说过，熟悉的物件重又变得陌生。那些赌具，棋牌，计算工具，一并冲淡记忆。记忆变得稀薄，更加暧昧，可是换来了理性的坚持。理性攫住了那一瞬间，转瞬即逝的一点熟悉，就像掬在手心里的水，不停从指缝滴走，直至滴完，可手心却湿了，就是这么一星点儿湿润，再用干燥的理性仿制，就是说，用概念去记录。有两条路径，一是以它的相对面进行说明，就是"干""燥"的反义；二是即物的方式，就是"沾水"。词语真是个笨东西，概念真是个笨东西，它就想不出多几个同义词，使存在变得稍微稳定一点。

就这样，这似是而非的游戏棒到底在视野中站住了脚，驻留着，容我再搜寻一些证据，证明它是一件旧物。散失的游戏棒，我得一根一根捡起来。

那游戏棒总是握紧了一把，立在桌子中间，然后陡地松开手，"哗"一声，撒了满桌面。难免的，有的会落在地上，嵌进地板缝，甚至从缝里漏下去，终其一生躺在黑暗的地板夹层，游戏棒也是有着一生的。那些藏在家具底下，总有一天重见天日，但也很难说是好命，想想看，只剩孤零零的自己，人们都不晓得它是什么——只有在群体中，才称得上游戏棒，就此丧失了身份。后来的人，也许以为它是一支绒线针，于是将它用作编织，在其他真正的绒线针里面，它多么孤独。别以为它是没有心情的，和同类失散，身处异族，谁会好受呢！这还不能算顶坏的运气，因为有更坏的，那就是落到一些原始性未进化完全的小人儿手里，他们可是挺残暴的，将它用于野蛮的屠杀，挖掘崎岖的蚯蚓洞穴和蚂蚁洞穴。兽性不止遗留在小人儿身上，某些大人也会有倒退的现象，他们将它折断了，作引火的木柴使用。我居住的城市并非一起始就有煤气做燃料，它从农业文明脱胎而生，劈柴点火起炊的历史过去还不久。另有些大人将它截断削细，敲进松了榫的板凳的榫眼。说起来够惨的，可是也难怪，谁让它是这样一种不成器的东西，形状过于简单，性格又不分明，让人摸不着来路。东一根，西一根收集起来，方才渐渐有了模样。然后装进纸袋，或者纸盒，可不是橱窗里的木盒子，清水漆的原木上流淌着水波与漩涡的纹理，多么高贵的格调！这又抹煞了一些儿"熟悉"因子。

然而，游戏棒终究是游戏棒，本质的属性是不会流失的，本质性在哪里呢？无论它躺在盒子里，哪怕是华美的木盒子，也无论它被小孩子握在手里，还是撒下来——聪明的灵巧的孩子能撒成太阳光芒似的辐射状，次一等的可撒成扇形，最笨的则是乱七八糟，交叠错乱的一堆，让后面的事情很不好办，这在以后再说——无论什么形态，都看不出它的本质性。这本质性不是肉眼可见的，但也并不是非物质性，你能说制度、体制、律法、规则是非物质？不能！其实，答案已经不言自明，游戏棒的本质性就是，游戏规则。

计算机刚进入我们知识结构的时候，听一位专家讲解计算机，他真是一位体谅国情也体谅人心的专家，他用中国古老的算盘打比方。他说，计算机由两个部分组成，一是硬件，一是软件。硬件就是这——他举起一把算盘，算盘珠子一阵响；软件呢，他放下算盘，就是珠算口诀表，清楚了吧！事实上，在那橱窗里，最醒目的那些赌具，都是现象，也就是硬件，本质性的，软件，则是潜在深处，不怎么打眼。那一具计算模具，就是数学，数学里的几率，正是有了它，才规定了那些木头玩意赌具的性质。从几率出发，所有的偶然性都是必然性，或者说，世界上根本不存在偶然性。这就有些类似命运了，像宿命。一切都已经安妥，我们不过是按顺序经历一遍，但是——这也是奥妙所在，我们必须什么都不知道，无法预计结果的经历一遍，做出清醒或者盲目的抉择，因为清醒与盲目全是作为条件而纳入几率的计算。必然性其实是将偶然性全部包括，再进行分配，偶然性的全体就是最后那个必然的结论。所以，我们还不能听之任之，放弃主观能动性，能动性早已被客观规律算计了。这也就是博彩游戏之所以会吸引人的原因，它将可知变成不可知，不可知又复为可知，变化仅在一霎之间。

小孩子的手紧紧握住游戏棒，陡一松，"哗"地撒开来。现在，小孩子要将交相重叠的游戏棒一根一根抽取出来，规定是，决不可触动其他任何一根游戏棒。方才说了，聪明的孩子手上有数，会撒成辐射状，在这分布较广的面积中，游戏棒叠加的几率会下降，运气好的话，还会有相当一部分游戏棒不沾不靠地独自个儿在，只要拾起来收入囊中。聪明孩子是天赋，也是计算进几率的条件之一。扇面的分布也不错，游戏棒大体是一头散开，一头交叠，需要小心，千万小心，将那一头一揿——要知道，相对一项限制，同时又会开放一项方便，就是上帝关上一扇门就会打开一扇窗的说法，所有的游戏规则都是根据这原理制定的。那游戏棒的两端被制成锥形，尖尖的，就在尖顶上又呈现出一个圆润的点，防止伤小孩子的手，所以，揿一头，那一头便翘起来。这又要看小孩子聪明不聪明，聪明的手一揿，那一头不动声色翘得高高的，十分骄傲得意，于是，轻轻拿下。这是玩游戏棒的基本手法，还有一种是挪移，就是在架空的游戏棒底下，停着一根，谁也不依，通路也是有的，问题是如何使它全身而出。这里没有什么技术，需要的是耐心，耐心也是天赋，计算进几率的条件之一。就这一根劳什子，费的功夫老大了！有些天才小孩，动作特别细腻，一点一点推拉，有时还用滚的方法，游戏棒别看它细，却是圆柱形，是在精密的摇床上摇出来，也是上帝开的方便之门。

那紧握之后的一撒手，你真想不出来能撒成什么模样。方才说的辐射形，扇形，交叠错乱形，都只是个大概，细节却是千变万化，完全在意料之外。还是用数学的方法，这几十根木头棍子，相互之间的关系可以有多少种？无限！就好像音符，十二音符所组成的旋律，从巴赫算起，一直到无调性，几百年下来了，还有新的组合源源生出，这也是博彩的原理。所以，玩游戏棒，要有应变的能力，可以说，没有两次撒下的图形完全相同，就是古希腊的哲人说的，不会先后涉入同一条河的意思。小孩子对付游戏棒，实在是人生的预演。一堆一窝蜂乱的游戏棒，除了用手，还有一件工具——这是整个游戏规则的一个眼，玄妙极了，已经不是开一扇窗那么简单了，而是一只制衡的手，一个生物链。那工具就在游戏棒中，没什么特殊的，区别只在颜色。忘了交代，游戏棒是有颜色的，中段是本色，两端是蓝、绿、黄，有点类似三色旗，惟独这一支两端红色。你知道，当我走近橱窗，看见从木盒子里淌出来的游戏棒，其中有一支红色的，心就定了，规则没变。游戏中最机巧的一环还在，整个生物链就不会断裂。这支红色游戏棒具有一项特权,那就是它可用作工具——险伶伶架在一堆乱棒顶上的一支,拿它来,一挑!问题是,你先要拥有它在手。谁知道呢?世事难料,很可能它身处一团乱麻,无所作为,直至游戏结束。

这游戏实在是妙极了,简直就像一个江湖,要有秘笈方可制敌,然而获取秘笈本身就是一场较量。一个侠客也许永远得不到秘笈,只能用笨功夫,只能另开一途,也能混迹江湖,说不定还可自立一门,但道路就要艰险得多。反过来也是,那一根小红棒子,即便一上来就在你手,也不一定就是你赢。记忆中——记忆渐渐回来了,随着光线转换,"熟悉"这种菌繁殖生长,记忆中,很少,几乎没有一盘游戏棒坚持到终局,总是在中途失手,动摇了周边的游戏棒,或者,能抽走的都抽走,余下僵局一盘,小红棒子也拿它无奈何。聪明孩子和笨孩子的差异——只是在总量上,偶然系数平均到了必然系数,差异是在坚持时间的短长,早晚都是个输!就好像是命定的结局。可是小朋友们并不收手,而是一再地握起来,撒下去,一次一次地试着手和运气。

还是要以几率说话,从几率出发,而不是现实,几率常常是在理论上实现,但不能因此就说没有价值。

比如爱因斯坦相对论，只能嘴上说说，纸上写写，要想眼见成真，可能吗？现在，大家翘首以望日内瓦的大型强子冲撞机的实验结果，到那一日，天地宇宙会发生什么大事情！再回到几率，许多许多败局终会产生胜数，天使借了小孩子的手，撒下一把游戏棒，薄薄铺开一朵花，轻轻拾起凋落的花瓣，再轻轻摘下花茎上的花瓣，又是一批收获，恰逢仙机，那小红花瓣到了手，点开机关——最后的时刻到了，这是最容易错失的关头，因为求胜心切，还因为不敢相信好运气，反倒泄了气，也是累了，手心里出着汗，微微打颤，可是，稳定，这也是计算进几率的要素之一，头脑忽变得清明，有一股静谧的欣喜，唱起无声的歌，踩着行板的拍点，正合上脉动的节奏，多么好啊！小手就像得了神旨，一动一个准，要抽哪一支，就是哪一支，其余纹丝不动。奇异的是，最后的游戏棒，虽然交错叠加，同时又呈现一种秩序。原来，原来，它们是先后排列，依着排列就错不了，经过多少阅历方才认出这排列啊！早知道就早得手，可是人生阶段没有一个超越得过的。好了，余下的活就容易多了，花瓣一一拾起来，扔进小篮子，什么都没剩下，应该说，剩下一个"没有"。这"没有"是什么？它也是个存在，不能说它不存在，要不，我们忙乎那么久，受挫，奋起，再受挫，再奋起，难道结果是不存在？这么想显然是不对的，可它究竟是什么呢？让我暗暗给一个提示，那就是，巴黎是一个滥情的城市。

为什么是在巴黎？巴黎与我们有什么关系？虽然有光的物理作用，虽然有政治的后殖民情结，它还是与我们无干系。也许是因为人常是在无关乎痛痒的地方，才敢于联想骨肉相连的事情，因为安全，不再受伤害。这样的事情，不仅需要时间的保护膜，还要空间的保护膜，这是什么？再说一遍，巴黎是个滥情的城市。

2012 年 11 月 14 日 上海